Comtesse Natacha

Barbara Cartland est une romancière anglaise dont la réputation n'est plus à faire.

Plus de trois cents romans variés et passionnants mêlent aventures et amour.

Les Éditions J'ai Lu en ont déjà publié plus d'une centaine que vous retrouverez dans le catalogue gratuit disponible chez tous les libraires.

Les premiers titres – épuisés – sont aujourd'hui réédités à la demande de nombreux lecteurs dans la série **Les introuvables de Barbara Cartland.**

Les introuvables de Barbara Cartland

Comtesse Natacha

traduit de l'anglais par Arlette ROSENBLUM

Éditions J'ai lu

Ce roman a paru sous le titre original :

AS EAGLES FLY

NOTE DE L'AUTEUR

En 1801, le royaume de Géorgie, situé entre la mer Noire et la mer Caspienne, avait été réuni pacifiquement au grand empire russe.

Mais au nord, dans les impénétrables montagnes du Caucase aux sommets enneigés, commença une terrible guerre sainte qui devait durer jusqu'en 1861.

Shamyl, iman du Daghestan, ombre d'Allah sur la terre, avait pris la tête de ces musulmans fanatiques qui préféraient combattre jusqu'à la mort plutôt que de se rendre.

Le fils de Shamyl, âgé de huit ans, fut capturé au cours d'une bataille et gardé comme otage. Le chef spirituel qui a inspiré tant de légendes rumina sa vengeance pendant treize années au cours desquelles il accumula les exploits sanglants.

Dans un cadre qui appartient à l'histoire, le héros et l'héroïne de ce récit sont fictifs, mais les autres personnages sont tous authentiques.

Shamyl fut vaincu et contraint de capituler en 1859. Toutefois il fut traité avec bienveillance par le nouveau tsar, Alexandre II.

Djemmal Eddin eut une telle nostalgie de la vie qu'il avait connue et aimée à Saint-Pétersbourg, qu'il mourut dans les montagnes au bout de trois ans.

1

La cavalcade contournait le flanc escarpé de la montagne.

Les chevaux avançaient avec précaution sur un sentier rocheux si étroit qu'au moindre faux pas ils risquaient de se fracasser avec leurs cavaliers au fond de la vallée, plusieurs centaines de mètres plus bas.

Sous la conduite des Mourids, guerriers aux bannières et aux *tcherkessas* noires, ils formaient une troupe bigarrée qui contrastait avec la blancheur éclatante de la neige épaisse.

Aux Caucasiens, il fallait ajouter quinze serviteurs montés et conduisant des bêtes de somme qui accompagnaient lord Athelstan dans son voyage. C'était un fort long voyage, car il se rendait au Caucase après avoir séjourné aux Indes, puis en Perse auprès du shah.

Chevauchant à la tête de son escorte personnelle, derrière les Caucasiens qui ouvraient la marche, lord Athelstan faisait penser à un chevalier du temps jadis se rendant au combat.

Il était peut-être le seul homme du monde occidental à ne pas paraître insignifiant à côté des Dhighits, les guerriers caucasiens – jeunes montagnards considérés comme les plus beaux représentants de l'espèce humaine.

Grands, les cheveux sombres, un profil d'aigle, les hanches étroites, les attaches élégantes, ils avaient une extraordinaire distinction; leur physique et leur endurance provoquaient la jalousie de leurs ennemis héréditaires, les Russes.

Lord Athelstan avait une carrure plus massive, mais il était remarquablement bien physiquement et la fierté avec laquelle il se tenait droit sur sa selle, paraissant indifférent au péril dû à la raideur du sentier, révélait sa haute noblesse.

Absorbé dans ses pensées, il manifestait une telle réserve qu'il donnait l'impression de dédaigner le danger.

« Certains critiquent Sa Seigneurie à cause de son attitude distante, avait dit à la reine le ministre des Affaires étrangères, mais personne ne peut contester sa réputation de brillant diplomate. »

Il n'ajouta pas que si nombre de femmes se plaignaient de la froideur de lord Athelstan, c'est qu'elles essayaient en vain de le séduire.

Quand il le voulait, lord Athelstan pouvait exercer un charme irrésistible. Et nul doute qu'une grande partie de ses succès diplomatiques était due à la façon dont il s'y prenait pour persuader les sultans, shahs ou autres dirigeants de tomber d'accord avec lui. Même, comme le fit remarquer un diplomate, lorsqu'un terrain d'entente semblait impossible à trouver.

Que lord Athelstan fût une personnalité aussi remarquable à l'âge de trente-cinq ans et eût atteint rapidement la situation exceptionnelle qu'il occupait relevait d'un tour de force.

Mais c'était entièrement dû à une force de volonté extrême, à une concentration exclusive sur son objectif et à une détermination impitoyable de n'admettre aucun obstacle sur sa route.

« Envoyez chercher Athelstan » était devenu une

formule familière au ministère des Affaires étrangères. Tout en avançant sur le sentier escarpé de la montagne, lord Athelstan se demandait si quelqu'un avait jamais été chargé d'une mission aussi étrange que celle-ci.

Il s'apprêtait à quitter les Indes lorsqu'il avait reçu un message urgent « secret et confidentiel », lui ordonnant de se rendre dans le Caucase.

Là, il devrait s'entretenir avec Shamyl, iman du Daghestan, le chef légendaire qui, seul, empêchait les Russes de prendre sous leur domination la dernière place forte aux frontières de leur vaste empire.

Pour l'Angleterre, l'extension constante de la Russie, maintenant fermement établie en Crimée au sud, jusqu'à l'empire austro-hongrois à l'ouest et aux frontières de la Chine au nord et à l'est, constituait une source de grave inquiétude.

« Seul le Caucase, avait dit lord Athelstan à Londres, avec les montagnes infranchissables du Daghestan, reste inconquis. »

Depuis vingt ans, subissant des pertes énormes, les Russes luttaient contre un seul homme.

Qu'ils n'aient pas remporté la victoire, en dépit de leur armement plus sophistiqué, de leurs réserves inépuisables de soldats et des meilleurs stratèges de leur armée, était dû au fait qu'ils ne combattaient pas dans une guerre ordinaire.

« Shamyl, l'avar, l'iman du Daghestan, se bat au nom de la religion », avait-on dit à lord Athelstan. Chaque homme est un fanatique qui s'oppose à l'ennemi non seulement par le feu et le fer, mais de toute son âme.

Les légendes concernant Shamyl avaient fini par le transformer en un personnage mythique révéré par ses compagnons comme le véritable représentant d'Allah, et universellement admiré, même par les Russes.

Lord Athelstan savait qu'on le dépêchait auprès de Shamyl notamment pour déterminer combien de temps l'iman pourrait résister aux assauts continuels des armées impériales russes.

D'après l'ambassadeur de Grande-Bretagne à Téhéran, abattre Shamyl et s'emparer du Caucase était devenu une véritable obsession chez le tsar Nicolas Ier.

Du point de vue des intérêts anglais, le Caucase constituait un bastion qui défendait l'accès des Indes.

Les Anglais avaient déjà à cette époque beaucoup de difficultés en Afghanistan, pour la plupart suscitées par les Russes qui s'infiltraient dans les tribus et provoquaient constamment des escarmouches sanglantes à la frontière nord-ouest.

– Le tsar, avait poursuivi l'ambassadeur, a beau proclamer qu'il souhaite que la croix remplace le croissant et que Jérusalem soit rendue aux chrétiens, les Anglais ne peuvent pas croire qu'il n'a pas de dessein sur les Indes.

De toute évidence, l'intérêt des Britanniques était donc de soutenir la résistance à la Russie et de favoriser la poursuite de la guerre dans le Caucase.

– Néanmoins, nous avons bien peu fait pour les aider, remarqua lord Athelstan.

– Les Caucasiens ont reçu neuf canons avec trente mille projectiles, cent cinquante revolvers et trois mille quatre cents fusils, précisa l'ambassadeur.

– Matériel à peine suffisant pour faire la guerre, commenta sans ambages lord Athelstan.

L'ambassadeur britannique soupira.

– Si l'Angleterre avait envoyé une armée en renfort dans le Caucase, nous aurions alors pu faire de Shamyl notre allié.

– On a manqué une belle occasion, acquiesça lord Athelstan.

Il se disait à présent qu'il n'avait probablement aucune chance de pouvoir prêter une assistance quelconque à l'iman. D'autre part, il était extrêmement curieux de connaître l'homme au sujet de qui circulaient tant de légendes fantastiques.

Ces légendes étaient nées en 1832 lorsque les Russes s'étaient acharnés à tenter d'anéantir une fois pour toutes la résistance caucasienne.

A la bataille de Grimri, les sapeurs avaient aménagé à la dynamite une plate-forme pour les canons et les Russes avaient hissé leur artillerie lourde à portée. Celle-ci démolit les murs du fort dans lequel Shamyl et cinq cents de ses hommes tenaient en échec dix mille Russes.

Les Mourids comprirent qu'ils devaient capituler quand, finalement, les murailles s'effondrèrent en flammes autour d'eux, mais ils se battirent jusqu'à la mort. Ils sortirent affronter l'ennemi seuls ou par deux, en avançant lentement.

Puis soudain, quand ils se furent rapprochés, ils chargèrent à violents coups de sabre, tuant chacun deux ou trois Russes avant de succomber sous le nombre.

Mais l'un d'eux s'échappa – Shamyl.

D'une détente de fauve, il sauta par-dessus la tête des soldats qui s'apprêtaient à tirer sur lui. Atterrissant derrière eux, il en abattit trois et fut atteint par la baïonnette d'un quatrième dont l'acier s'enfonça profondément dans sa poitrine.

Il saisit la baïonnette, la retira, sabra l'homme qui l'avait blessé et, d'un autre bond surhumain, franchit un mur et disparut dans l'obscurité.

Les Russes furent stupéfaits, mais eurent la certitude qu'il mourrait de ses blessures.

« La lutte est terminée, se dirent-ils, le Caucase est conquis. »

En fait, il devait résister encore pendant vingt-cinq ans sous la conduite du porte-parole choisi par Allah sur terre, son prophète Shamyl.

Les Caucasiens de tête attaquaient maintenant la descente d'une paroi tellement à pic qu'on ne distinguait aucun endroit où poser le pied.

Cependant, telles des mouches, les petits chevaux tchetchènes gardaient leur équilibre sur la noire surface rocheuse.

« Personne ne peut aller au Caucase, avait dit quelqu'un à lord Athelstan avant son départ des Indes, sans se sentir bouleversé par la grandiose beauté de ce lieu solitaire. »

Il reconnaissait à présent l'exactitude de ce jugement.

Les gouffres sombres et lugubres, les tourbillons de brume ondulant comme des serpents dans les failles et les gorges facilitaient la croyance selon laquelle les djinns caucasiens demeuraient dans ces endroits isolés.

Les légendes locales étaient pleines de djinns et autres esprits qui vivaient sur ces sommets, créatures féroces semblables à des démons qui se livraient à d'étranges réjouissances s'achevant par de brusques et terribles orages et des rafales de vent.

Mais, même sans tenir compte des légendes, le paysage avait quelque chose de magique et de mystérieux.

Les montagnes élevaient à une très haute altitude leurs cimes blanches aiguës qui se profilaient sur le ciel. Maintenant que l'hiver touchait à sa fin, les premiers signes avant-coureurs du printemps apparaissaient parmi les bouquets de platanes géants et les pentes abruptes roussâtres.

Jamais encore lord Athelstan n'avait vu pareille beauté au cours de ses voyages.

Les lourds nuages accrochés aux montagnes semblaient par moments se refermer sur elles d'une manière menaçante et possessive; à d'autres, ils paraissaient vous emporter si haut qu'on avait du mal à reprendre pied dans ces gorges étroites au fond desquelles, quinze cents mètres plus bas, on apercevait des torrents d'eau cristalline tourbillonnant parmi les rochers.

Parfois lord Athelstan apercevait un arbre-chapelle à flanc de falaise – un buisson épineux rabougri sur lequel des moines avaient attaché un lambeau de leur vêtement pour figurer une prière qui continuerait à flotter dans le vent longtemps après leur passage.

Ils escaladaient, descendaient, remontaient encore, si bien qu'ils avaient l'air de se mouvoir dans un monde hors du temps, sans commencement ni fin.

Puis, tout à coup, lord Athelstan distingua devant eux Dargo-Vedin, le quartier général de Shamyl, le refuge où il se reposait entre deux batailles.

Il avait choisi cet endroit parce qu'il constituait une retraite presque inaccessible où l'on ne pouvait se rendre, comme lord Athelstan en avait fait l'expérience, que par un itinéraire terrifiant, le long de sentiers particulièrement abrupts.

Les gens l'appelaient le grand Aôul et au moment où le regard de lord Athelstan se posa pour la première fois sur le fort entouré d'une palissade, une troupe de cavaliers surexcités fit son apparition, venant à sa rencontre, leurs oriflammes noires flottant au vent.

Derrière Dargo-Vedin s'élevaient des pentes couvertes de forêts épaisses; devant, un précipice effrayant au bas duquel une rivière impétueuse qu'aucun pont ne franchissait, coulait entre de gros blocs de roche.

Les cavaliers, avec une superbe maîtrise, parurent foncer sur lord Athelstan, puis retinrent leurs chevaux au dernier moment, en guise de salut de bienvenue.

Ils l'entourèrent, lui et son escorte, et les conduisirent vers le fort avec un air de triomphe.

Il n'y avait qu'une entrée, défendue par des fortins et une tour de guet d'où l'on avait vue sur toute la région.

En jetant un coup d'œil à la ronde, lord Athelstan remarqua un gros canon de fabrication européenne, un dépôt de munitions et ce qui paraissait visiblement un entrepôt.

A côté, un vaste réservoir d'eau était alimenté par un ruisseau qui avait été détourné pour remplir l'énorme vasque de pierre où, comme lord Athelstan devait l'apprendre par la suite, hommes et chevaux se baignaient.

Cependant on ne le laissa pas s'arrêter et il fut emmené encore plus loin au cœur de Dargo-Vedin, jusqu'à la demeure personnelle de l'iman construite au centre d'une forteresse intérieure.

Elle était gardée par ses Mourids, sabre au clair.

Lord Athelstan mit pied à terre et découvrit un bel homme maigre aux yeux et à la barbe noirs qui s'inclinait devant lui.

– Je suis Hadjio, Votre Excellence, l'intendant de l'iman. En son nom, je vous souhaite la bienvenue à Dargo-Vedin.

Lord Athelstan répondit à son accueil et fut introduit dans une maison meublée d'une façon austère. Puis il fut admis en présence du grand Shamyl.

Assis sur un simple siège de bois avec autant de majesté que s'il s'agissait d'un trône, entouré de ses Mourids sabre en main et d'un interprète, le personnage produisait une profonde impression.

Mesurant près d'un mètre quatre-vingt-dix, ses beaux traits ciselés révélaient la noblesse de ses origines. On croyait dans le pays qu'il était le fils d'un prince géorgien.

Avec sa barbe rougie par le henné, ses yeux au regard étrangement pénétrant sous ses sourcils épais, il incarnait à la perfection le héros légendaire qui excite l'imagination et suscite le dévouement de ses disciples.

Il s'habillait toujours de noir et de blanc, l'élégant costume classique du Caucase.

Sa *tcherkessa,* longue tunique à larges basques ajustée à la taille, était barrée en travers de la poitrine par un double rang d'étuis à cartouches en argent.

Les Caucasiens portent d'ordinaire un lourd chapeau en peau d'agneau, mais le *papakh* de Shamyl était un gigantesque turban orné de glands rouges et bordé de laine d'agneau noire.

Ses pieds minces étaient chaussés de bottes de souple cuir noir qui lui moulaient la cheville. La paume de ses mains, comme sa barbe, était teintée de henné.

Pendant un instant, les deux hommes se dévisagèrent. Le grand et fier Anglais aux larges épaules, froid et réservé, et l'animateur fanatique d'une guerre sainte qui avait provoqué la mort de milliers d'hommes, nimbé de son aura mystique de chef.

Puis Shamyl sourit.

– Bienvenue à Dargo-Vedin, Votre Excellence. Je dois vous féliciter pour le courage et la ténacité dont vous avez témoigné en venant jusqu'à nous.

Il parlait son propre dialecte et lord Athelstan, qui n'avait cessé d'étudier le tartare depuis son départ des Indes, lui répondit dans la même langue :

– Je suis extrêmement heureux d'avoir eu l'occasion de le faire.

– Rares sont ceux qui osent tenter le voyage ou en éprouvent l'envie, répliqua Shamyl. J'espère seulement que vous penserez qu'il en valait la peine.

– Quel que soit le résultat de nos entretiens, une rencontre avec l'iman est un privilège que je n'oublierai jamais.

Shamyl l'invita à s'asseoir et, après le thé à la russe et les petits gâteaux qui l'accompagnent rituellement, l'iman demanda des nouvelles d'Angleterre, et quel espoir d'aide venant de la reine Victoria lui apportait lord Athelstan.

C'était une mission délicate que d'expliquer que les Anglais désiraient voir les Causasiens continuer le combat, mais n'avaient pas l'intention de s'y engager eux-mêmes, ni de fournir d'autres armes que celles déjà reçues par Shamyl.

Toutefois lord Athelstan avait apporté en cadeau personnel à l'iman une belle montre en or avec sa chaîne qui sembla lui faire plaisir.

Les Mourids aimaient particulièrement les montres et, au cours de leurs raids, les recherchaient de préférence aux bijoux.

Shamyl ne pouvait prendre le cadeau présenté par des mains chrétiennes. Lord Athelstan posa la montre à côté de lui sur une table où elle fut ramassée par un serviteur.

– Vous recevrez demain le cadeau que je destine à Votre Excellence, déclara Shamyl. Ce sont deux beaux étalons kabardas pur-sang qui, j'en suis sûr, vous seront très utiles lors de votre voyage de retour.

Lord Athelstan exprima ses remerciements avant d'ajouter avec un peu d'hésitation :

– On m'a demandé de m'enquérir du sort de vos prisonniers.

Un instant, le visage de Shamyl s'assombrit, puis il répliqua :

– Vous avez appris ce qui est arrivé?

– J'ai entendu dire, lorsque j'étais aux Indes, que,

pendant un raid sur Tzinondali, vous avez capturé Son Altesse Sérénissime la princesse Anna Tchavtchavada, sa sœur la princesse Varvara, sa nièce la princesse Nina et un certain nombre de leurs enfants.

– C'est exact. Et ils sont détenus ici comme otages jusqu'à ce que mon propre fils me soit rendu.

Lord Athelstan savait qu'en 1839 Djemmal Eddin – le fils de Shamyl – avait été livré comme otage après une bataille où, cerné par des troupes russes supérieures en nombre, Shamyl avait été contraint de capituler.

Djemmal Eddin, âgé de huit ans, avait été emmené à Saint-Pétersbourg, ce qui était non seulement une atteinte à l'orgueil de Shamyl en tant que chef, mais aussi un coup de poignard dans son cœur de père.

Il avait échafaudé complots et plans de campagne, combattu et souffert pendant treize ans pour trouver un moyen de se faire rendre son fils. A présent, la victoire semblait à portée de sa main.

Depuis maintenant sept mois, il détenait à Dargo-Vedin les princesses géorgiennes avec leurs enfants et des négociations se poursuivaient pour les échanger contre Djemmal Eddin, et percevoir une rançon.

Ce n'est pas Shamyl – lord Athelstan le savait – qui réclamait la somme exorbitante d'un million de roubles pour les otages, mais ses Mourids devenus, avec les années, de plus en plus intéressés.

Ils voulaient l'argent pour reconstruire les *aôuls* détruits par la guerre et acheter de nouvelles armes avec lesquelles ils pourraient continuer à combattre.

La capture des princesses géorgiennes avait causé une déplorable impression à travers le monde. Le fait que des chrétiennes soient retenues captives par des musulmans avait éveillé les sentiments chevaleresques de bien des chrétiens.

Lord Athelstan, d'après ce qu'il savait de Shamyl, était convaincu que, mis à part un extrême inconfort, les femmes n'avaient eu à subir aucune voie de fait. En revanche, il était certain que Shamyl ignorait que son fils, au cours des longues années passées en Russie, s'était complètement occidentalisé.

Le tsar, personnage froid méconnu de son peuple comme de la majorité des aristocrates de Saint-Pétersbourg, aimait les enfants. Il avait pris sous sa protection le petit Djemmal Eddin et surveillé son éducation.

Assumant le rôle de tuteur, le tsar payait toutes les dépenses occasionnées par son instruction sur sa propre bourse et le faisait venir au palais d'Hiver plusieurs fois par semaine.

Il projetait de faire entrer Djemmal Eddin dans le corps des cadets, réservé aux fils de la noblesse russe, pour qu'il obtienne par la suite un brevet d'officier dans un des régiments des gardes.

Les princes caucasiens, qui avaient juré fidélité à la Russie plutôt qu'à Shamyl, étaient très populaires à la cour de Russie.

On les appelait les « aigles furieux » et quand ils circulaient dans les rues, à la cour, dans les salles de bal et au quartier général de l'armée à Saint-Pétersbourg, on disait d'eux qu'ils avaient « un regard d'aigle et une démarche aérienne qui leur étaient propres ».

Les femmes les trouvaient irrésistibles.

Leur talent d'écuyer était fantastique. Leurs chevaux lancés au galop, ils se mettaient debout sur les étriers, les rênes entre les dents, un *kindjal* et un *shashka* brandis dans l'une et l'autre main, sautaient à terre puis, d'un bond, remontaient en selle.

Lord Athelstan, lors de sa visite à Saint-Pétersbourg trois ans auparavant, y avait rencontré Djemmal

Eddin et s'était rendu compte qu'il était devenu le favori non seulement du tsar, mais aussi de toute la cour.

Tout le monde l'aimait. Avec ses grands yeux mélancoliques, assez sombres, ses hautes pommettes et ses brillants cheveux noirs, il tranchait sur les jeunes Russes, même les plus élégants.

Il montait magnifiquement à cheval, parlait plusieurs langues, était musicien, avait étudié l'astrologie et aimait peindre.

Trait plus significatif encore, de l'avis de lord Athelstan, il portait rarement le costume de son pays, pas même la *tcherkessa* qui donne tant d'allure aux Caucasiens.

Il préférait l'uniforme russe, ce qui était en soi un symbole de sa conversion à l'Occident.

Lord Athelstan se demandait à présent comment faire comprendre à Shamyl que, si Djemmal Eddin était ramené dans son pays en échange des princesses géorgiennes, il reviendrait à contrecœur.

Puis sa réserve habituelle l'incita à se taire. Il avait été simplement chargé de se renseigner sur l'état de santé des princesses et de découvrir dans combien de temps l'échange pourrait avoir lieu.

– Nous sommes pour le moment dans une *impasse* (1), expliqua Shamyl. Je crois savoir que mon fils me sera rendu, mais réunir l'argent de la rançon semble présenter certaines difficultés.

– Leurs Altesses sont-elles en bonne santé? questionna lord Athelstan.

– Elles font partie de ma maison, répondit Shamyl.

– Me serait-il possible de les voir?

Shamyl garda un instant le silence, puis déclara :

(1) En français dans le texte.

– Je désire entretenir Votre Excellence d'une affaire personnelle.

– J'en serais honoré, répliqua lord Athelstan.

Shamyl fit un geste de la main et les Mourids, sabre au clair, quittèrent la pièce en compagnie de l'interprète, laissant les deux hommes en tête à tête.

Quelques minutes s'écoulèrent avant que Shamyl reprenne la parole.

– Je voudrais vous demander une faveur.

– Si c'est possible, elle est déjà accordée, répondit lord Athelstan dans le style emphatique habituel en Orient.

Shamyl hésita et lord Athelstan sentit qu'il cherchait comment s'exprimer. Puis il déclara :

– Parmi les otages que je détiens, il y en a deux qui ont été amenés ici sans nécessité. (Lord Athelstan haussa les sourcils et Shamyl expliqua :) Mes instructions étaient d'amener toutes les personnes se trouvant dans la demeure du prince David Tchavtchavadze. Il n'était pas possible à mes hommes de faire la distinction entre les individus.

– Evidemment, dit lord Athelstan.

– Il y avait par exemple une gouvernante française, Mme Drancy, qui a été pour nous seulement une source d'ennuis.

Shamyl souriait légèrement en parlant et lord Athelstan devina qu'une Française volubile ne se conduisait pas avec la même dignité ou réserve que les princesses.

– Il séjournait également à Tzinondali une amie de la princesse Nina âgée de dix-sept ans et non mariée. (Lord Athelstan garda le silence, se demandant ce que Shamyl allait lui révéler.) Il s'agit de la comtesse Natacha Mélikov, reprit Shamyl. Elle et son jeune frère de neuf ans ont été amenés ici avec les autres bien qu'ils ne présentent pas d'intérêt comme otages.

– Pourquoi donc? questionna lord Athelstan.

– Ils sont orphelins et personne, me disent-ils, ne se souciera d'offrir la moindre rançon pour les racheter.

– Qu'est-ce qui empêche de les renvoyer en Russie avec le reste de vos prisonniers quand un accord sera conclu? objecta lord Athelstan.

– Mes hommes sont peu disposés à relâcher deux aristocrates russes ne pouvant payer de rançon, dit simplement Shamyl. Il faut donc que je trouve une solution.

Lord Athelstan garda le silence.

Il pressentait vaguement qu'on lui réservait un rôle à jouer dans cette affaire, mais pour l'instant il ne voyait pas lequel.

– La comtesse Natacha est très séduisante, continua Shamyl. Disons même qu'elle est d'une grande beauté. J'ai donc, avec son accord, pris mes dispositions pour qu'elle devienne l'épouse du sultan Abdul Aziz.

– Avec son accord? répéta sèchement lord Athelstan.

– Et en contrepartie son frère, le comte Dimitri, sera échangé en même temps que mes autres prisonniers.

Lord Athelstan était un diplomate trop expérimenté pour laisser paraître ses sentiments sur son visage ou s'exprimer avec trop de précipitation.

Mais il savait quelle réaction susciterait dans le monde l'envoi d'une chrétienne au sultan de Turquie pour qu'elle devienne sa femme, ce musulman ayant déjà quatre autres épouses et un nombre important de concubines dans son harem.

Comme si Shamyl devinait ses pensées, un léger sourire flottait sur ses lèvres quand il reprit :

– Je demande à Votre Excellence de bien vouloir

accompagner cette jeune fille à Constantinople où l'on m'a dit que vous allez prendre un bateau pour vous rendre en Angleterre.

Lord Athelstan eut un haut-le-corps avant de répliquer :

– Vous comprendrez que c'est absolument impossible. Je suis diplomate et je revendique l'immunité diplomatique dans tous les pays que je visite parce que je ne me mêle pas de leurs affaires politiques, de leurs intrigues, et que j'interviens seulement quand mon propre pays est concerné. (Il eut l'impression que Shamyl ne comprenait pas son point de vue et reprit :) Il serait inconcevable que je prenne sous ma protection une jeune fille qui, en acceptant d'épouser le sultan, offenserait gravement les Russes dont je dois traverser le pays quand je partirai d'ici.

– Je m'étais douté que Votre Excellence aurait cette réaction, dit Shamyl qui ne semblait nullement déconcerté. D'ailleurs cette suggestion venait de la comtesse elle-même.

– Vous transmettrez, je vous prie, mes regrets à la comtesse, déclara froidement lord Athelstan, mais je ne puis rien faire en l'occurrence pour vous être agréable, à vous ou à elle.

Shamyl hocha la tête. Puis il dit :

– Votre Excellence comprendra que je me trouve devant un problème épineux. Je tiens beaucoup à offrir ce cadeau au sultan car, comme musulman, il m'a toujours prodigué son encouragement et ses bons vœux. (Après un temps, il poursuivit :) Je voudrais toutefois demander une aide plus substantielle sous forme d'armes et de soldats pour pouvoir continuer à combattre les Russes. Ce n'est pas seulement l'intérêt de mon pays mais également celui de la Grande-Bretagne.

– Certes, dit lord Athelstan.

– Il est naturellement essentiel aussi que mon présent arrive sain et sauf. En dehors de l'outrage subi au cas où la demoiselle serait violée au cours du voyage, à son arrivée au palais du sultan elle serait mise à mort par un des modes d'exécution les moins rapides et certainement des plus douloureux.

Lord Athelstan évoqua brièvement en pensée les méthodes turques, la strangulation, la noyade dans le Bosphore des concubines accusées de mauvaise conduite, les tortures épouvantables décrites par ceux qui connaissaient l'Orient.

Sa conviction qu'il devait s'abstenir de se mêler de cette affaire en fut d'autant plus forte.

– Encore une fois, je vous prie d'agréer mes regrets, déclara-t-il calmement.

Shamyl ne répondit pas.

Il se leva et l'entretien prit fin. C'est seulement au moment de sortir de la pièce où l'audience avait eu lieu qu'il dit :

– Nous nous rencontrerons de nouveau après le coucher du soleil, Votre Excellence, et j'espère que d'ici là vous aurez réfléchi au projet dont nous venons de discuter.

Il disparut avant que lord Athelstan ait pu lui répondre et Hadjio, l'intendant, le rejoignit pour le conduire à l'endroit où il devait passer la nuit.

La chambre qui lui avait été assignée était petite et ne contenait que des nattes sur le sol et des rayonnages sur les murs où s'empilaient des couvertures mises à sa disposition.

Toutefois lord Athelstan ne voyageait jamais sans ce qui lui était nécessaire pour assurer son confort.

Sans nul doute, son majordome, naguère sergent major dans son régiment, se serait arrangé pour lui procurer tout ce dont il avait l'habitude, quand bien même ils se seraient trouvés au pôle Nord.

Sous ses dehors d'Anglais bourru, Hawkins était en réalité extrêmement intelligent et astucieux.

Il parlait couramment de nombreuses langues étrangères et avait ses méthodes personnelles pour se faire comprendre même dans des dialectes qui embarrassaient son maître.

– Que penses-tu de Dargo-Vedin? lui demanda lord Athelstan.

– Un vrai nid d'aigle, M'lord.

Hawkins jeta un coup d'œil par-dessus son épaule comme s'il craignait que quelqu'un soit à l'écoute, puis il reprit à voix basse :

– D'après tout ce que j'entends, M'lord, ces Caucasiens ne pourront plus tenir bien longtemps contre les Russes.

– Qu'est-ce qui te fait croire cela? riposta lord Athelstan, d'un ton dubitatif qui ne l'empêchait pas de prêter à Hawkins une attention soutenue.

Il comptait sur lui, lors de voyages de ce genre, pour découvrir, par les bavardages des gens du pays et par ses propres observations, autant sinon plus d'informations que lui-même n'était en mesure d'obtenir par les voies diplomatiques habituelles.

– Un grand nombre de Caucasiens désertent chez les Russes, répondit Hawkins. Ils veulent être du côté des vainqueurs.

– On me l'a dit à Téhéran, déclara lord Athelstan. Eh bien, apprends tout ce que tu peux, Hawkins. C'est important, tu le sais bien.

– J'espère seulement, M'lord, que nous ne resterons pas longtemps, ajouta Hawkins avec une mine dégoûtée. Je n'ai jamais été attiré par les hauteurs et je n'ai pas grand-chose à dire de bon sur ces montagnards, si ce n'est qu'ils sont d'excellents cavaliers.

Il sortit de la pièce et lord Athelstan sourit de l'attitude de Hawkins qui ne variait guère.

Il méprisait les étrangers, quels qu'ils fussent, pourtant bien des missions de lord Athelstan avaient été couronnées de succès grâce à lui.

Lord Athelstan mangea seul car, même si ailleurs cela se passait différemment, dans la demeure de Shamyl un chrétien ne pouvait pas prendre son repas avec un musulman.

L'agneau coriace, le riz, la chiche portion de légumes, le fromage de chèvre dur comme pierre et le thé ne constituèrent pas une surprise et la conversation la plus passionnante n'aurait pas rendu ces aliments plus savoureux.

Il connaissait la grande frugalité des Caucasiens qui allaient se battre sans les encombrants chariots de ravitaillement et les samovars à thé dont les Russes ne pouvaient se passer.

La viande était une rareté chez les Mourids et d'ailleurs toute autre chair que celle de l'agneau, de la chèvre ou du poulet leur était interdite.

Des galettes de millet grossièrement broyé et du fromage de chèvre constituaient leur nourriture principale, qui entretenait leur incroyable vigueur et leur corps athlétique.

« Pendant une campagne, avait dit un général russe à lord Athelstan, ces gens-là mangent des fleurs ou des feuilles et considèrent les rhododendrons comme très fortifiants. »

Le thé servi à lord Athelstan était la préparation habituelle des Caucasiens. Une épaisse compote de feuilles de thé était amalgamée avec du sang de mouton et moulée en cubes qui se dissolvaient quand on les mettait dans l'eau chaude.

Lord Athelstan y était accoutumé et peu lui importait son goût assez âcre, mais il savait que Hawkins bougonnerait.

La nuit tomba et le froid devint cinglant.

La montagne du Staïs dressait au-dessus d'eux sa masse enneigée et le vent soufflait avec des gémissements angoissants qui faisaient songer aux plaintes de mort des Banshees (1).

Lord Athelstan attendait d'être convoqué par Shamyl quand un coup fut frappé à la porte de sa chambre.

– Entrez, dit-il, et la porte s'ouvrit.

Il se retourna, croyant voir un Mourid son sabre à la main, mais c'est une femme qui s'avança et en la regardant il songea qu'il n'en avait jamais vu de plus belle.

Au premier abord, elle paraissait vêtue de loques, puis il s'aperçut que cet ensemble de pièces et de morceaux tout raccommodés et reprisés avaient été une élégante robe de soie au corsage ajusté et à l'ample jupe tombée en lambeaux.

Comme de plus l'étoffe avait été décolorée par les intempéries, la femme avait l'apparence d'une pauvresse.

Lord Athelstan comprit que les otages n'avaient probablement pas d'autres vêtements que ceux qu'ils portaient lors de leur enlèvement.

Il savait par expérience ce que représentait le voyage pour atteindre Dargo-Vedin et il avait déjà entendu dire que les otages avaient dû faire à pied la majeure partie du trajet.

Mais même sa robe en loques ne pouvait amoindrir la beauté de la jeune fille qui se tenait devant lui.

Plus grande que la plupart des musulmanes, elle avait un port superbe et la grâce des aristocrates russes.

Les privations des quelques derniers mois l'avaient

(1) Fées qui passent en Irlande et en Ecosse pour annoncer des malheurs. *(N. d. T.)*.

amaigrie au point que ses yeux semblaient emplir tout son visage d'un ovale parfait.

De ses immenses yeux noirs, elle examinait lord Athelstan avec attention comme si elle voulait le scruter et porter un jugement sur lui.

Pendant un instant, aucun d'eux ne parla, puis la jeune fille dit en anglais :

– Je suis Natacha Mélikov. Je désire m'entretenir avec Votre Excellence.

– Ce sera un honneur, répliqua lord Athelstan. Voulez-vous vous asseoir?

Il désigna une pile de coussins moelleux tirés de ses bagages et recouverts d'un riche brocart de soie.

– Merci, dit la comtesse en inclinant la tête.

Elle s'assit et lord Athelstan fit de même.

Elle remarqua alors qu'il était un des rares Occidentaux de sa connaissance capables de s'asseoir avec élégance et dignité sur les coussins de ce genre.

La plupart des Européens jugeaient déplaisant de s'asseoir si bas; ils ne savaient que faire de leurs pieds et, embarrassés, se tenaient le dos voûté.

Lord Athelstan était assis bien droit, les mains sur les genoux, et on aurait pu le prendre pour Shamyl en personne accordant une audience avec une condescendance quasi royale.

– Je pense que vous savez pourquoi je suis ici, commença la comtesse Natacha.

– L'iman m'a déjà parlé de son désir de vous voir devenir l'épouse du sultan, répliqua lord Athelstan. Je suis certain que vous ne tenez pas à entendre mon opinion sur ce sujet.

– Il est important que je me rende à Constantinople, dit la comtesse, et je n'ai aucun moyen d'y parvenir si vous ne m'emmenez pas avec vous.

– J'ai déjà informé l'iman qu'il n'y faut pas compter, rétorqua lord Athelstan. En tant que diplomate, je ne peux pas prendre part aux intrigues de ceux dont je visite le pays.

– Les circonstances sont assez exceptionnelles, reprit lentement la comtesse Natacha. Votre Excellence sait aussi bien que moi que les hommes de l'iman ne peuvent pas m'escorter à travers la Géorgie. Pour que mon frère soit libéré, il faut que je trouve un moyen d'arriver à Constantinople.

– Il existe certainement des solutions moins excessives pour assurer sa libération, objecta lord Athelstan.

Une flambée de colère sembla faire étinceler les yeux de la comtesse Natacha quand elle répondit :

– Vous n'êtes tout de même pas assez stupide pour croire que je n'ai pas envisagé tous les autres moyens de sortir de cette prison. Malheureusement, c'est le seul qui soit à ma portée.

– Je suis profondément navré pour vous, déclara lord Athelstan. A franchement parler, l'idée que vous deveniez l'épouse du sultan – ce qui est, j'imagine, un terme poli pour désigner votre future situation – me déplaît profondément mais je ne puis vous aider!

– Est-ce que vous connaissez l'autre choix qui m'est offert? demanda la comtesse à voix basse.

– Non.

– Alors je vais vous le dire. Je serai laissée ici quand les autres partiront. Si j'ai de la chance, je serai mariée à un Naïb – un des officiers de Shamyl. Ses fils ont déjà leur contingent d'épouses au complet et, comme vous devez le savoir, aucune femme n'est autorisée à demeurer célibataire sous la juridiction de l'Iman. (Sa voix se fit plus rude pour préciser :) Toutes celles qui deviennent veuves doivent se remarier dans les trois mois, ce qui assure, naturellement, une réserve de Caucasiens pour continuer la lutte contre mon pays. (Elle garda le silence un instant, puis reprit :) Si je ne peux pas épouser un officier, alors je serai simplement offerte au premier Mourid qui s'éprendra de moi. En ce qui me concerne, la question se résoudra simplement par un suicide dans les plus brefs délais.

Lord Athelstan se leva.

– Quelle folie! s'exclama-t-il. Voyons, une chose pareille est impossible.

– Etes-vous assez mal informé pour ignorer que cela s'est produit déjà un millier de fois? dit la comtesse Natacha d'un ton méprisant. Nous ne sommes pas les premières femmes qui aient été amenées à Dargo-Vedin. Il se trouve simplement que nous sommes les plus importantes et par conséquent constituons un atout permettant à l'Iman de marchander pour obtenir la libération de son fils.

– J'aurais aimé pouvoir vous aider, murmura lord Athelstan.

– Je vous ai expliqué ce qui m'arriverait, reprit la comtesse Natacha, mais il y a aussi à considérer le cas de mon frère, le comte Dimitri. (Lord Athelstan ne dit rien et elle poursuivit :) Il n'a pas tout à fait neuf ans. Quand il aura passé plusieurs années ici, il oubliera sa patrie et il deviendra caucasien. On lui apprendra à monter à cheval avec dextérité et les autres arts dans lesquels ils excellent, puis il ira se battre contre ses compatriotes. (Elle poussa un profond soupir avant de continuer :) Comprenez bien, il n'aura pas le choix. Une fois qu'il aura l'âge voulu, il combattra ou mourra.

Lord Athelstan se rassit sur ses coussins.

– Je trouve cette alternative effroyable, déclara-t-il, mais c'est votre problème, non le mien.

– Avez-vous peur de m'emmener avec vous? demanda la comtesse Natacha, dédaigneuse. Je pourrais fort bien me déguiser. Je vous assure que les Russes que vous rencontrerez en Géorgie ne se douteront pas un instant de mon identité.

– Là n'est pas la question, dit lord Athelstan.

– Je pense que si, reprit la comtesse. Je n'aurais jamais cru faire la connaissance d'un Anglais qui soit un lâche.

Lord Athelstan eut un petit rire forcé.

– Vous essayez très habilement de me provoquer, comtesse. Vous savez aussi bien que moi que rien n'est susceptible de piquer un homme au vif comme une accusation de lâcheté. Mais laissez-moi vous dire qu'il est souvent plus difficile et plus courageux de repousser une requête que de l'exaucer. C'est ma position actuelle.

– Vous refusez vraiment? questionna-t-elle à voix basse.

– Je vous répète que ce que vous me demandez est impossible. Cela impliquerait une violation du privilège diplomatique qui m'est accordé partout où je vais. Je ne peux pas exprimer mes sentiments personnels dans cette affaire. Je ne puis qu'agir dans les limites imposées par mes fonctions.

La comtesse se leva.

– Est-ce votre dernier mot?

– Avec le plus profond regret, je ne puis que répéter que je ne suis absolument pas en mesure de vous aider. (Il reprit au bout d'un instant :) Je parlerai en votre faveur à l'iman, bien entendu, quoique je doute qu'il m'écoute.

– Ce sont les Mourids qui n'écouteront pas, dit la comtesse Natacha avec amertume. Shamyl est un homme juste à sa manière, mais eux sont devenus avides. La guerre sainte qu'ils mènent depuis si longtemps et le paradis pour lequel ils sont préparés à mourir ont moins de poids que l'attrait des roubles d'or. Ils veulent acheter des fusils pour continuer à tuer.

Sa voix parut retentir comme le tonnerre dans la

petite pièce. Puis elle regarda lord Athelstan et il vit non seulement de la colère dans ses yeux, mais aussi une haine étincelante.

– Vous êtes peut-être un excellent diplomate, mylord, dit-elle, mais en tant qu'homme je vous méprise.

Le visage de lord Athelstan était d'une parfaite impassibilité quand il s'inclina devant elle presque ironiquement.

La tête haute, avec une indéniable dignité, elle passa rapidement devant lui.

L'espace d'une seconde, lord Athelstan eut l'impression que ses guenilles étaient bordées d'hermine et qu'une couronne ceignait ses cheveux noirs.

2

Après le départ de la comtesse Natacha, lord Athelstan resta longtemps à se demander ce qu'il pourrait faire pour l'aider.

Il savait bien, cependant, que rien n'était possible.

Il était impensable que, dans sa situation, il puisse se prêter à une transaction aussi peu conforme aux règles occidentales.

Lorsque les princesses seraient rapatriées, elles raconteraient certainement ce qui était arrivé à leur amie, la jeune comtesse, et le monde entier serait horrifié à la pensée qu'une chrétienne était prisonnière dans le palais du sultan.

L'instinct poussait lord Athelstan à empêcher ce drame, mais son tempérament flegmatique et d'une implacable logique ne lui était d'aucun secours pour imaginer une solution.

Il avait évidemment la ressource de faire appel à l'iman et il avait bien l'intention d'agir en ce sens.

Hadjio vint lui dire que sa présence était requise au *selamek,* le salon de réception, et après avoir mis un épais manteau fourré de zibeline, il suivit l'intendant le long des couloirs étroits et sinueux de l'aôul.

Tout en marchant, il songea que les otages avaient dû souffrir atrocement du froid dans leur prison, étant habitués au confort de leur palais, où il faisait si chaud que les fleurs et les orangers s'y épanouissaient d'un bout de l'année à l'autre.

L'iman attendait lord Athelstan en la seule compagnie d'un interprète, simple formalité, puisque le lord anglais pouvait s'entretenir avec lui dans sa propre langue.

Ils s'inclinèrent l'un devant l'autre et échangèrent les salutations emphatiques et fleuries d'usage en Orient; puis l'iman congédia l'interprète et ils demeurèrent seuls.

C'est alors que Shamyl demanda à lord Athelstan de lui dire la vérité sur les perspectives d'un soutien de l'Angleterre dans sa lutte contre les Russes.

Choisissant ses mots avec soin, lord Athelstan s'exprima avec sincérité. Tout en donnant son point de vue, il songeait que l'iman se doutait de ce qu'il allait lui dire, si amère que fût pour lui la confirmation qu'il devait vaincre seul ou être vaincu.

Comme l'avait appris lord Athelstan, la situation s'était détériorée dans le Caucase depuis que le maréchal-prince Alexandre Bariatinsky commandait les troupes russes.

Quatre ans plus tôt, en 1851, il avait commencé à gagner de nombreuses batailles, contre les armées de Shamyl.

Sa tactique était entièrement différente de celle de ses prédécesseurs. Par une série de manœuvres d'encerclement, qui étaient une nouveauté pour les hommes de Shamyl – jusque-là les attaques ayant été menées de front – il avait remporté des succès stupéfiants.

Il usait de procédés qui contrastaient avec ceux adoptés par les Russes dans le passé et avait un sens de l'effet théâtral et de la mise en scène qui égalait presque celui de Shamyl.

Après une bataille, où la lutte avait été terrible de part et d'autre, il avait accepté la reddition d'un groupe important de Tchetchènes. Puis il leur rendit leurs sabres, renvoya ses propres hommes et dit aux Tchetchènes de veiller sur lui pendant son sommeil.

Cette tactique nouvelle, combinée à une clémence inconnue jusqu'alors, avait impressionné les Caucasiens et il en était résulté qu'un bon nombre de petites tribus s'étaient ralliées aux Russes.

Le prince Bariatinsky modifia même jusqu'au paysage.

Les grandes forêts avaient toujours été la meilleure protection naturelle de Shamyl, à tel point que non seulement il frappait de très lourdes amendes tout homme qui coupait un arbre pour ses propres besoins, mais encore il faisait souvent pendre sans autre forme de procès les contrevenants, en guise d'avertissement.

Le prince Bariatinsky abattit les forêts, déblaya les broussailles et construisit des ponts sur les rivières.

Du haut des montagnes, Shamyl, son téléscope dirigé sur les bûcherons, voyait ses remparts tomber un à un et se sentait impuissant à riposter.

Regardant l'iman assis en face de lui et se rappelant les légendes sur son invincibilité, lord Athelstan ne put s'empêcher d'éprouver l'impression que Shamyl était sur le point de perdre la partie.

Les Russes ne renonceraient jamais et ils se rapprochaient de plus en plus de Dargo-Vedin, sa forteresse secrète semblable à un nid d'aigle mais qu'il devrait peut-être un jour livrer.

Toutefois c'est avec le présent qu'il fallait compter, et à en croire la rumeur, la libération des otages était proche.

Shamyl disposait d'un stupéfiant réseau de communications qui le maintenait en contact relativement étroit avec le monde extérieur.

Il l'avait installé peu après sa venue au pouvoir, ayant admiré le système des Russes qui établissaient des dispositifs de transmission le long de leurs grandes routes stratégiques.

Shamyl avait organisé des relais de courriers dans des régions où aucun étranger ne pouvait se risquer, passant par des glaciers, des forêts, des marécages et des montagnes.

Les chevaux caucasiens d'une grande vivacité étaient les maillons de la chaîne par laquelle les nouvelles se transmettaient à une vitesse presque incroyable.

Tous les aôuls sous ses ordres tenaient en réserve leurs chevaux les plus rapides tout sellés à la disposition du courrier qui pouvait arriver à n'importe quel moment du jour ou de la nuit sur une monture épuisée.

Si le courrier était malade, s'il était blessé ou incapable de continuer son voyage, un autre cavalier était prêt en une seconde à se charger des messages à sa place.

Les Caucasiens chevauchaient par tous les temps, ils traversaient des torrents furieux, suivaient les sentiers périlleux pour rejoindre Shamyl et lui porter les dépêches qui lui transmettaient des informations détaillées sur la vie des Russes.

Il était au courant non seulement des renforts militaires, de l'arrivée de nouveaux régiments et de canons supplémentaires, mais aussi des bals qui se donnaient et des potins qui couraient dans la haute société; du nom de telle beauté circassienne qui était la maîtresse de tel officier; des entretiens avec les khans et des espions sur qui il pouvait compter.

En fait, Shamyl était beaucoup mieux renseigné que ses ennemis.

Leurs espions à gages étaient trouvés morts un beau soir, un poignard dans le dos, leurs nouvelles offensives déjouées et l'élément de surprise sans effet.

Aussi lord Athelstan se doutait-il que Shamyl était au courant du départ de son fils Djemmal Eddin de Saint-Pétersbourg en janvier d'où, accompagné par une escorte de cosaques, il s'était rendu en troïka à Moscou.

Là, des bals avaient été offerts en son honneur et il avait été fêté par toutes les plus belles femmes de Moscou. Au début de février, il avait dû arriver à Vladicaucase où les Russes le traitaient sans doute comme un héros.

Shamyl n'exposa pas à lord Athelstan le fond de sa pensée mais, s'étant exercé pendant des années à tenter de sonder les complexités de l'âme orientale et ayant vu Djemmal Eddin à Saint-Pétersbourg, le diplomate anglais était à même de deviner une bonne partie de ce qui était passé sous silence.

Il se rendait compte que l'enlèvement de son fils avait fait sur Shamyl l'effet d'un coup de poignard au cœur.

Mais il se demanda si Shamyl n'éprouverait pas un chagrin plus atroce encore quand son fils lui reviendrait radicalement changé et complètement étranger à une existence qu'il devait juger barbare.

Lord Athelstan n'en admirait pas moins l'iman et savait que, quand on écrirait l'histoire, il y figurerait comme l'un des plus grands chefs du monde et un visionnaire incomparable.

Les deux hommes s'entretinrent longuement et lord Athelstan finit par formuler sa principale préoccupation :

– J'ai vu la comtesse Natacha. Ne serait-il pas possible de permettre à cette jeune fille et à son petit frère de partir librement?

– Sans compensation? demanda Shamyl.

– Pourquoi pas? rétorqua lord Athelstan. Vous n'attendiez pas de rançon de leur part lorsqu'ils ont été capturés.

– C'est vrai. Par ailleurs, j'ai de nombreux prisonniers dont certains sont détenus à Dargo-Vedin et dans d'autres endroits de mon territoire depuis plus de dix ans. Que leur dirai-je si, sans raison apparente, deux aristocrates, prisonniers depuis à peine sept mois, sont libérés sans paiement?

C'était d'une logique irréfutable et lord Athelstan en avait conscience.

Il connaissait les conditions de vie pénibles endurées par les prisonniers des Caucasiens.

« Il devait y avoir, songea-t-il, des centaines d'autres Géorgiens captifs, des soldats ou des gens modestes qui ne seraient jamais rachetés et finiraient par conséquent leurs jours incarcérés dans les étroites prisons glaciales et mal aérées où on les laissait périr de faim en leur infligeant souvent de terribles tortures. »

– La décision ne dépend pas de moi seul, reprit Shamyl après un instant. Mes Mourids ne l'admettraient pas.

Lord Athelstan savait qu'il disait vrai. La situation avait évolué dans le Caucase depuis que Shamyl avait cherché à unifier son pays contre l'ennemi commun.

Les Mourids avaient vu grandir leur puissance et

n'étaient pas près d'accepter l'idéal d'une guerre sainte sans compensation matérielle.

Ils étaient devenus cupides et actuellement s'opposaient à la volonté de l'iman en ce qui concernait le montant de la rançon à payer pour les princesses.

Lord Athelstan demanda à nouveau s'il pourrait voir les otages. Ce ne fut qu'à contrecœur que Shamyl accepta finalement de le laisser s'entretenir un moment avec la princesse Anna.

Pensant à elle pendant qu'il attendait dans le *selamek*, lord Athelstan se rappela l'avoir rencontrée un jour lors de son premier voyage en Géorgie quelques années auparavant.

Les petites-filles de Georges XII, le dernier roi de Géorgie, Son Altesse Sérénissime la princesse Anna et sa sœur cadette la princesse Varvara, étaient d'une beauté remarquable dans un pays où toutes les femmes sont belles.

Elles avaient été l'une et l'autre nommées dames d'honneur de la tsarine et, après avoir été admirées et courtisées dans la haute société de Saint-Pétersbourg, elles avaient épousé de beaux princes géorgiens et étaient retournées vivre dans leur pays natal.

Lord Athelstan se demandait à présent si la beauté de la princesse Anna avait été altérée par ses récentes souffrances.

Il n'imaginait rien de plus pénible pour une femme de haute naissance et de bonne éducation, habituée à tout le confort et le luxe que l'argent peut procurer, que d'être emprisonnée dans cet effrayant repaire montagnard dénudé et glacial.

Mais quand la princesse Anna entra dans la pièce, il se rendit compte qu'elle n'avait pas vraiment changé, sinon qu'elle était très amaigrie et paraissait malade.

Ses traits classiques étaient admirables, ses épais cheveux noirs s'enroulaient en chignon sur sa tête au port altier et elle avait une allure aussi royale dans ses vêtements en loques que lorsqu'elle était vêtue d'une robe de bal avec de fabuleux bijoux.

Elle tendit la main avec une exclamation de bienvenue et lord Athelstan porta ses doigts à ses lèvres.

Elle était escortée par deux Mourids aux sabres dégainés et un interprète qui répéterait chaque mot et même l'intonation de leurs voix à Shamyl, lord Athelstan ne l'ignorait pas.

– Votre Altesse Sérénissime va bien? demanda-t-il en anglais.

– Nous sommes en vie, répondit la princesse Anna.

– Je ne perdrai pas de temps à vous exprimer combien je regrette ce qui vous est arrivé. Je me doute de ce que vous avez dû souffrir et ne puis que formuler le souhait de voir votre captivité prendre fin.

– C'est ce pour quoi nous prions, mais je crains fort qu'au dernier moment quelque chose empêche notre libération.

– La rançon? questionna lord Athelstan.

– Oui. Il est impossible de convaincre ces gens que mon mari n'est pas en mesure de réunir une somme plus importante. Il a déjà offert quarante mille roubles. Ils disent que ce n'est pas assez.

La voix de la princesse était angoissée et lord Athelstan dit vivement :

– Je suis certain que cela suffira finalement. L'unique pensée de l'iman depuis treize ans a été d'obtenir la restitution de son fils.

– C'est notre seul espoir, mais je ne peux pas m'empêcher d'être navrée pour Djemmal Eddin.

– Vous le connaissez?

– Mais oui, très bien. C'est un garçon charmant,

délicieux, très cultivé, et je sais qu'il a presque oublié ses origines. Il est russe jusqu'au bout des ongles. Comment supportera-t-il jamais cette vie?

« Voilà bien un trait caractéristique de la princesse Anna, songea lord Athelstan; cette femme remarquable se préoccupe des souffrances de Djemmal Eddin qu'elle ajoute aux siennes. »

La princesse reprit avec un soupir :

– Je ne songe pas seulement à moi, si on ne nous tire pas de là, mais aussi aux enfants. Comment imaginer qu'ils restent ici et soient élevés en caucasiens, les filles mariées encore presque trop jeunes pour comprendre ce qui leur arrive, les garçons éduqués avec l'idée de combattre nos compatriotes?

– Je suis sûr que ce que votre mari a offert suffira, répéta lord Athelstan pour la réconforter. Vous savez comme moi qu'ils vont marchander, discuter et tenter d'extorquer des suppléments jusqu'à la dernière minute.

La princesse soupira de nouveau.

– J'essaie de me consoler avec cette idée, mais vous imaginez aisément ce qu'a été notre vie ces derniers mois.

– Avez-vous été traités durement? s'enquit lord Athelstan.

– Non. Shamyl est un homme juste, mais Votre Seigneurie comprendra qu'il ne peut surveiller constamment sa maisonnée et les femmes sont toujours plus malveillantes que les hommes. (Lord Athelstan devina que les épouses de Shamyl avaient dû lui faire passer de mauvais moments.) Au début, c'était terrible, continua la princesse Anna à voix basse. Nous étions vingt-trois entassés dans une petite chambre et nous n'avions pas la permission d'en sortir. Par la suite, on a logé les domestiques ailleurs.

Son visage s'était assombri comme si elle se remémorait l'horreur de la situation. Puis, avec un sourire, elle ajouta :

– Seuls les enfants n'en ont pas souffert et Shamyl a toujours été bon pour eux. Chaque jour il les fait amener dans sa chambre où il joue avec eux et leur offre des fruits et des bonbons.

– C'est presque inimaginable, commenta lord Athelstan.

– Mais vrai, dit la princesse Anna. Quels que soient les problèmes qu'il a en tête ou les soucis que lui procurent les guerres, il a toujours du temps à consacrer aux enfants.

– Je ne m'attendais certes pas à entendre ce genre de choses, observa lord Athelstan.

– Quand mon petit Alexandre a été malade, l'iman a envoyé chercher des guérisseurs dans ses plus lointaines provinces. Il l'a même fait envelopper dans la peau d'un mouton fraîchement tué, ce que les Caucasiens considèrent comme un remède infaillible.

– L'enfant est vivant? demanda doucement lord Athelstan.

– Shamyl a autorisé qu'il couche avec une nourrice ailleurs que dans notre dortoir bondé où il s'affaiblissait, répondit la princesse Anna, et après cela il a commencé à se rétablir lentement.

– J'en suis heureux.

« Quelle chose étrange, songea lord Athelstan, que deux hommes qui se haïssent, Shamyl et le tsar, qui ont passé toute leur vie à se combattre, aient tous deux un tel amour pour les enfants. »

Peut-être, s'ils se rencontraient un jour, les enfants seraient-ils le point commun qui faciliterait l'établissement d'une entente mutuelle.

Puis, s'apercevant que le temps passait et qu'elle ne pourrait s'attarder auprès de lord Athelstan, la princesse Anna reprit :

– Je voudrais vous parler de Natacha Mélikov.

– Je l'ai déjà vue, déclara lord Athelstan. Je ne suis pas en mesure de l'aider.

– Ne vous serait-il pas possible d'en trouver le moyen? demanda la princesse d'un ton suppliant. L'iman refuse de la laisser partir avec nous.

– Il me l'a dit en effet.

– Si elle reste ici, son frère reste avec elle. Si elle va à Constantinople comme Shamyl le désire, nous emmènerons le comte Dimitri.

– Je comprends le problème, déclara lord Athelstan, mais à mon grand regret je ne peux vous être d'aucun secours.

Il craignait de voir la princesse Anna fâchée contre lui mais, au contraire, elle sourit.

– J'étais sûre de cette réponse de votre part bien avant que la proposition vous soit soumise, dit-elle. Ici, on oublie aisément le protocole qui eut tant d'importance dans notre vie de naguère.

– Merci de votre compréhension, dit lord Athelstan.

– Je savais qu'en tant que diplomate vous ne pouviez pas vous prêter à des intrigues. Natacha est trop jeune pour le comprendre.

– Je ne puis que répéter combien je suis navré de mon inefficacité.

– Il est temps de partir, interrompit sèchement l'interprète.

La princesse Anna tendit la main à lord Athelstan qui la prit et la porta à ses lèvres.

– J'espère que la prochaine fois que nous nous rencontrerons ce sera dans un cadre tout différent.

– Vous m'avez rendu espoir, répliqua la princesse, non seulement par ce que vous m'avez dit, mais par le simple fait de vous avoir vu. Merci.

Lord Athelstan lui baisa de nouveau la main, puis

elle quitta la pièce avec son escorte, tandis que l'interprète se précipitait chez l'iman pour lui raconter toute la conversation et y ajouter, sans aucun doute, quelques inventions de son cru.

Lord Athelstan s'apprêtait à retourner dans sa chambre quand Hadjio, l'intendant, vint lui dire qu'une fête avait été organisée pour ses hommes et qu'il se demandait si Son Excellence aimerait assister aux danses.

– Nous avons rarement des visiteurs, expliqua-t-il, et par conséquent c'est une occasion de réjouissances pour les nôtres, car n'étant pas des guerriers ils ne quittent jamais Dargo-Vedin.

Lord Athelstan s'abstint de répondre qu'il n'imaginait pas pire destin, mais il le pensa. S'enveloppant dans son manteau fourré, il suivit l'intendant jusqu'à l'une des cours extérieures.

Il savait que Shamyl ne participerait pas à la fête et que ses épouses ne seraient pas autorisées non plus à le faire, mais apparemment tous les autres habitants de Dargo-Vedin étaient venus. Un petit espace avait été aménagé au centre de la cour pour les danseurs.

Des torches de bois goudronné flambaient haut dans l'air pur de la montagne et leur clarté vacillante éclairait par intermittence les visages sombres et les yeux noirs étincelants sous les *papaks* noirs en peau de mouton.

Les Mourids de Shamyl avaient rarement le temps de faire autre chose que guerroyer et tuer et lord Athelstan sentait une atmosphère d'excitation qui vibrait au rythme de la musique pendant qu'ils attendaient les danseurs.

Les mélodies caucasiennes se chantaient en général avec un accompagnement de *duduks,* ou flûtes, et d'un cistre à trois cordes, une sorte de luth, dont la sonorité plaintive s'harmonisait assez bien avec le cadre mystérieux des montagnes.

Un battement de tambour monotone et hypnotisant accompagnerait la violente et farouche danse du sabre qui serait exécutée plus tard par les guerriers.

Pour le moment, comme il prenait place sur le siège d'honneur, des femmes s'avancèrent timidement au milieu de la cour pour entamer une *lesghinka.*

Les longues manches flottantes des danseuses, ainsi que leurs voiles, leur serviraient à se masquer le visage.

La *lesghinka* était une danse conquérante et érotique. Elle débutait lentement, les danseuses se déplaçant presque à contrecœur jusqu'au moment où le rythme s'accélérait, où les tambours se mettaient à battre frénétiquement et où les hommes rejoignaient les femmes.

Alors ils les encerclaient, les cernaient de toutes parts, avançaient à mesure qu'elles reculaient.

La lumière des torches scintillait sur les poignards passés dans la ceinture des danseurs; voir leurs yeux étincelant de désir et deviner un désir égal dans les yeux soulignés de khôl qui apparaissaient au-dessus des voiles ondulants, cela procurait une très étrange impression.

Toutes les danses populaires étaient conçues pour exciter, pour susciter et attiser le désir. Lord Athelstan, regardant les spectateurs et voyant leur concentration intense, comprit que le but de la *lesghinka* était atteint.

Il applaudit et, lorsque la danse du sabre commença, il retourna dans sa chambre.

Les tambours continuèrent à battre et les cris aigus des guerriers qui s'exaltaient et perdaient de plus en plus leur contrôle résonnèrent dans l'obscurité longtemps après qu'il fut endormi.

Toutefois lord Athelstan était fatigué et son sommeil fut réparateur.

Au petit matin, il fut réveillé par Hawkins.

– Est-ce que tu t'es amusé hier à la danse? lui demanda-t-il.

– J'ai vu mieux, M'lord, répliqua Hawkins avec dédain.

– As-tu appris quelque chose d'intéressant?

– Seulement ce que je vous ai déjà dit, M'lord. L'iman perd beaucoup de ses compagnons d'armes. A mon avis, ce n'est qu'une question de temps; les Russes vont gagner.

Cette opinion confirmait celle de lord Athelstan et en un sens il en était navré.

Pendant plus de vingt ans cet extraordinaire Shamyl avait tenu les Russes en échec et les avait contraints à dépenser pour le Caucase en hommes, armes et énergie des ressources qui auraient pu être utilisées ailleurs au détriment de l'Angleterre.

Du point de vue des Anglais, Shamyl avait constitué un atout, bien qu'ils ne lui aient apporté aucune aide.

Pour les Russes, Shamyl était une épine enfoncée dans leur chair et lord Athelstan se demanda quel traitement ils lui réserveraient une fois sa défaite définitive.

L'heure du départ sonnait.

Il fit ses adieux à l'iman qui, pour lui rendre un plus grand hommage, l'escorterait en personne une partie du chemin.

Lord Athelstan comprit que l'iman continuait à espérer, presque contre tout espoir, des secours de l'Angleterre, mais il le remercia de son geste en termes choisis.

Puis ils se rendirent tous dans la cour où les chevaux attendaient.

Comme toujours, Shamyl était simplement vêtu de noir, mais son cheval était caparaçonné de cuir rouge.

Tout le sérail se rassembla dans la cour pour les voir partir et, pour la première fois, lord Athelstan aperçut les enfants de la princesse Anna et sa sœur. Les petits Tchavtchavadze couraient autour de Shamyl et lui parlaient dans une langue leur semblant familière, se fourrant sans vergogne dans les jambes des chevaux.

L'iman sauta en selle puis, dirigeant son cheval vers la porte, le mit au galop.

Lord Athelstan s'aperçut que le grand Aôul était entouré par trois remparts distincts. Chacun d'eux contenait une porte basse, à peine suffisante pour qu'un cavalier la franchisse même en se couchant sur le cou de son cheval.

L'iman ne ralentit pas l'allure. En approchant de chaque issue, il se laissa glisser sur le flanc de sa monture et aussitôt la porte franchie se redressa droit sur ses étriers, pour se rejeter à nouveau de côté une fraction de seconde seulement avant la porte suivante.

C'était la plus extraordinaire démonstration de maîtrise chez un cavalier qu'il eût été donné de voir et lord Athelstan l'observa presque bouche bée, comme le reste de l'assistance.

Puis ils s'éloignèrent, entourés par les Mourids dont les bannières noires flottaient au bout de leurs lances, tandis que leurs cris de guerre étaient étouffés par la violence du vent.

Après qu'ils se furent séparés de Shamyl, il leur fallut de nouveau descendre des pentes vertigineuses, franchir des gorges, traverser des cascades.

Ils durent affronter les mêmes difficultés que celles de leur voyage aller; ils dévalèrent des centaines de mètres de dénivellation pour escalader ensuite une paroi abrupte qui paraissait impossible à gravir, afin d'atteindre une piste à peine plus large qu'un chemin, tracé par les troupeaux de moutons, serpentant à flanc de montagne.

Comme la journée s'avançait, un pâle soleil apparut, le vent tomba et la température s'adoucit.

Ils se dirigeaient maintenant vers le sud-ouest et lord Athelstan songea avec plaisir qu'en Géorgie le printemps était arrivé, avec la fonte des neiges.

Sur les hauteurs du Caucase, les vents d'hiver s'attardaient plus longtemps qu'ailleurs et il se demanda comment les princesses n'avaient pas succombé dans leur prison au froid intense des sombres nuits d'hiver.

Si la Russie était une terre de contrastes, on pouvait en dire autant du Caucase, mais la comparaison lui parut difficile à établir et il évoqua la démesure, la singularité et l'inattendu du pays natal des princesses, auquel elles devaient leur éducation et leur courage.

Pourtant, rien de ce qu'elles avaient connu auparavant n'aurait pu les préparer à ce qu'elles étaient contraintes d'endurer à Dargo-Vedin.

Tout comme la Russie avait certainement paru au jeune Djemmal Eddin un fantastique pays de contes de fées, rétrospectivement, pour les princesses, elle semblait sûrement un paradis perdu.

Comment décrire à Shamyl, qui n'avait jamais quitté le Caucase, la beauté des grands palais de Saint-Pétersbourg ou la splendeur des bals de la cour qui confondaient d'admiration les plus cosmopolites des Européens?

Lord Athelstan se remémorait les gigantesques lustres aux mille chandelles éclairant les salles décorées de guirlandes de fleurs de serre.

Il se rappelait l'éclat des immenses miroirs qui garnissaient les murs entre les colonnades de marbre rose, jaune soufre ou pourpre foncé.

Shamyl avait-il jamais rien vu de semblable aux urnes colossales en malachite et lapis-lazuli ou aux meubles surchargés de dorure et recouverts de soie?

Pouvait-il se représenter les princesses quand elles étaient de service auprès de l'impératrice, revêtues de la traditionnelle robe de cour en velours à traîne bordée d'hermine, parées de bijoux si précieux et d'une telle somptuosité, qu'ils paraissaient trop lourds pour leur long cou de cygne qui constituait l'un de leurs plus beaux attraits.

« D'ici peu, elles seront de retour dans le monde qui est le leur, se dit lord Athelstan, et elles oublieront alors tout ce qu'elles ont souffert. »

Toutefois, il était certain que la princesse Anna porterait jusqu'à la fin de ses jours la marque de ce qu'elle avait enduré.

Et la comtesse Natacha?

Il s'aperçut qu'il n'osait pas aborder cette question, qu'il ne voulait pas penser à sa situation ou rechercher une solution pour elle.

Etait-elle destinée à passer son existence dans le Caucase avec un Naïb, à demi barbare, beau mais inculte, ou être prisonnière dans le luxe parfumé du harem du sultan, à ne jamais parler à quelqu'un d'intelligent et à vivre une vie totalement végétative?

Ce n'est pas l'horreur physique de ce qui l'attendait qui serait la plus pénible, mais le fait que son corps deviendrait gras et mou une fois privé d'exercice et que son intelligence s'altérerait.

Tous les aristocrates russes recevaient une éducation approfondie. La mode était aux nourrices anglaises et aux précepteurs français. Et, habitués à la complexité de leur propre langue, les enfants russes éprouvaient une grande facilité à apprendre les autres.

De plus, les arts étaient encouragés et favorisés à Saint-Pétersbourg. Une jeune fille russe de bonne famille était beaucoup plus cultivée qu'une Anglaise du même milieu.

Tout le monde, à commencer par l'empereur

et l'impératrice, fréquentait l'opéra et les théâtres. Poètes, historiens, auteurs dramatiques, artistes étaient accueillis à bras ouverts et fêtés partout.

Les hommes pratiquaient la plupart des sports, les femmes disposaient de vêtements et de bijoux dépassant les rêves de la plus fastueuse cour d'Europe.

« La nature des Russes les poussait à ne jamais rien faire à moitié et c'est pourquoi, se dit lord Athelstan, l'austérité, la piété, le zèle fanatique de Shamyl pouvaient coexister avec les excentricités des familiers du tsar. »

La réaction de Shamyl laissant ses prisonnières de marque dans les haillons qu'elles portaient à leur arrivée était caractéristique, comme l'était également le fait que l'impératrice Elisabeth possède quinze mille robes.

Il se rappela avoir entendu dire, pendant son séjour à Saint-Pétersbourg, que des aristocrates fortunés envoyaient leur intendant à Dresde ou à Sèvres pour y acheter des services de table somptueux.

Quand la vaisselle avait été apportée à grand-peine en Russie par chariot, un festin pantagruélique était organisé, après lequel on utilisait cette même vaisselle comme cible pour un concours de tir.

Qui pouvait expliquer ou comprendre la Russie?

Lord Athelstan se souvint que le coiffeur favori de la comtesse Saltikov avait été enfermé dans une cage pour le préserver de la tentation de travailler pour quelqu'un d'autre.

Les grandes maisons russes disposaient d'un nombre immense de domestiques. La comtesse Orlov, par exemple, en avait huit cents et se plaignait toujours de ne pouvoir obtenir du thé quand elle le désirait.

Ces faits semblaient à peine croyables et le diplomate anglais se dit qu'il aurait aussi du mal à faire comprendre les difficultés qu'il avait rencontrées en se rendant à Dargo-Vedin ou à expliquer la vie que menait le grand iman, mi-guerrier, mi-prophète.

La première nuit après leur départ du grand Aôul, ils montèrent leurs tentes à l'abri de quelques platanes au pied d'une montagne gigantesque.

Un repas fut préparé pour lord Athelstan par ses domestiques, infiniment plus appétissant que celui qu'il avait dégusté comme invité de l'iman.

Le dîner terminé, il se coucha sur son matelas moelleux rempli de duvet d'oie, s'appuya sur ses coussins recouverts de soie et s'endormit instantanément.

Il eut un sommeil sans rêves et s'éveilla tout heureux de ce qui l'attendait.

Ce jour-là, l'étape serait longue mais ils quitteraient le Caucase et franchiraient les frontières de Géorgie.

Il se faisait une fête de séjourner chez le vice-roi de Géorgie où sa visite avait été prévue de longue date et il savait que dès qu'il en aurait le temps, il devrait résumer pour le ministère des Affaires étrangères ses impressions concernant Shamyl.

Les étalons kabardas offerts par l'iman étaient un cadeau que lord Athelstan appréciait beaucoup; en Angleterre, il possédait une belle écurie et passait pour un expert en matière de chevaux.

Il décida d'en monter un et dit à Hawkins de seller l'un des étalons.

En sortant de sa tente, il trouva les Mourids qui l'attendaient, leurs poignards d'argent étincelant au soleil.

Quand ils le saluèrent, il pensa une fois de plus que c'étaient vraiment des hommes magnifiques. Il n'était guère étonnant que bien des gens les considèrent comme des demi-dieux.

Tandis qu'ils s'éloignaient, laissant une partie des domestiques de lord Athelstan en arrière pour démonter sa tente, les Mourids rivalisèrent d'adresse équestre.

Ils passaient sous le ventre de leur monture, se dressaient debout sur leur selle, chevauchaient les rênes entre les dents, prenaient des risques incroyables bien que le terrain fût accidenté et qu'il fût facile de tomber dans une crevasse.

Ce n'était là d'ailleurs qu'une manifestation d'exubérance chez les Mourids et, leurs premiers élans calmés, lord Athelstan s'entretint avec bon nombre d'entre eux, car il était curieux d'apprendre ce qu'ils pensaient de cette existence où ils passaient pratiquement leur journée à se battre et à tuer, puis repartaient à cheval le lendemain pour recommencer.

Comme il s'en doutait, les Caucasiens ne vivaient que pour la guerre et si on leur avait offert un autre genre de vie, ils n'en auraient pas voulu.

Lord Athelstan fit une courte halte pour manger et abreuver les chevaux, puis se remit en route.

C'est seulement à la fin de l'après-midi, au moment où le jour commençait à tomber, qu'ils contournèrent le flanc d'une montagne et virent devant eux les ondulations des plaines luxuriantes de la Géorgie.

Cinq kilomètres environ restaient à parcourir avant d'arriver à la frontière et les Mourids arrêtèrent leurs chevaux.

– C'est ici que nous prenons congé de vous, Votre Excellence, dit le Naïb qui conduisait l'escorte.

– Alors permettez-moi de vous remercier de votre sollicitude. Je vous en suis extrêmement reconnaissant, répliqua lord Athelstan.

Il donna en cadeau au Naïb une petite montre, ainsi qu'une bourse pleine d'argent à distribuer à ses hommes; il savait que ce dernier présent serait bien accueilli.

Après de nombreux échanges de politesses, les Caucasiens firent demi-tour et s'éloignèrent au galop dans le crépuscule.

Pendant une minute, leurs bannières noires se découpèrent nettement sur la neige et l'instant d'après ils furent hors de vue, car ils avançaient à une vitesse incroyable.

– Nous allons descendre dans la vallée, dit lord Athelstan à Hawkins, nous y camperons pour la nuit.

– Très bien, M'lord.

Hawkins transmit ces instructions en diverses langues aux hommes de l'escorte personnelle de lord Athelstan.

Ils appartenaient à de nombreuses nationalités. Hawkins les avait recrutés au hasard de leurs pérégrinations en les choisissant uniquement pour leur fidélité, leur force et leur honnêteté, sans tenir compte de leur couleur ou de leurs croyances.

Lord Athelstan ne contestait jamais les décisions de Hawkins qui avait un grand discernement pour choisir les gens qui convenaient.

Pas une fois, quand il s'était trouvé dans une situation périlleuse, lord Athelstan n'avait été abandonné par ses serviteurs.

Il chevauchait maintenant à leur tête, songeant que le lendemain soir il serait à Tiflis et dormirait dans un lit confortable.

Vivre à la dure ne le gênait pas mais, par contre, il ne croyait pas à l'inconfort pour l'amour de l'inconfort; il ne l'admettait que comme moyen de parvenir à un but précis.

De plus, il se faisait un plaisir de revoir le prince Voronzov, le vice-roi, pour qui il avait une grande admiration et qui menait une vie d'un faste inouï. Après la famille impériale, les Voronzov étaient les plus hauts personnages de Russie.

Les cinq derniers kilomètres de montagne furent pénibles, le terrain était rocailleux et traître, les chevaux fatigués.

Ces deux dernières étapes avaient été très longues et, bien que lord Athelstan n'eût pas voulu en convenir, il se sentait un peu las.

Il était extrêmement vigoureux et possédait une grande résistance, mais les vents froids qui soufflaient sans discontinuer étaient difficiles à supporter et, de plus, il avait très faim.

Finalement lorsqu'ils atteignirent les terres basses et trouvèrent un emplacement plat où ils pourraient camper, la clarté était tout juste suffisante pour que les domestiques puissent dresser les tentes transportées sur des chevaux de bât.

La tente de lord Athelstan était particulièrement luxueuse et conçue de façon à ce qu'on y soit à l'abri des intempéries; un tapis persan recouvrait le sol et, comme lord Athelstan l'utilisait pendant ses voyages pour recevoir des personnalités, elle pouvait être divisée en salon et en chambre à coucher.

En un temps record, Hawkins fit dresser une table pour le dîner.

De l'eau chaude était prête pour la toilette de lord Athelstan et une bouteille de vin ouverte et mise à rafraîchir dans la neige.

Il ôta les vêtements qu'il avait portés toute la journée, se lava et se changea.

Il s'imposait cette discipline et attendait la même chose de toute personne civilisée de son entourage.

Il passa de sa chambre à coucher dans le salon.

Deux domestiques étaient à sa disposition pour le servir, sous la surveillance de Hawkins. Eux aussi portaient des vêtements propres.

Le repas ne comportait pas beaucoup de plats mais

était excellent et, quand il fut terminé, lord Athelstan alluma un cigare.

S'enfonçant dans le fauteuil pliant qu'avait transporté un des chevaux de bât, il prit le verre de cognac qui lui était présenté et se sentit en paix avec le monde.

Les domestiques se retirèrent pour dîner à leur tour et lord Athelstan resta assis à méditer sur son étrange voyage et sur Shamyl qui avait largement dépassé son attente et s'était montré une personnalité encore plus fascinante qu'il ne l'avait prévu.

Puis, comme il éteignait son cigare, il pensa que plus tôt il irait se coucher, plus tôt il pourrait se lever et partir pour Tiflis.

Il acheva son cognac. Au moment où il posait son verre, un cri retentit soudain.

– Des loups, M'lord! Des loups!

Reconnaissant la voix de Hawkins donnant l'alarme, lord Athelstan jeta sur ses épaules son manteau fourré et prit ses pistolets.

3

Il faisait froid au-dehors, mais pas le froid glacial et mordant du Daghestan.

La nuit était sombre; toutefois une faible clarté tombant des étoiles se reflétait sur les pentes enneigées qui les surplombaient.

Comme lord Athelstan rejoignait le petit groupe qui avait déjà pris position face aux montagnes, ses yeux qui s'étaient habitués à l'obscurité distinguèrent des ombres mouvantes.

Elles décrivaient des cercles au delà de la zone

éclairée du campement et il comprit qu'ils s'agissait des loups.

En quittant sa tente, il s'était muni de deux pistolets à répétition comportant chacun six canons se chargeant par la cheminée. C'était les armes les plus modernes qu'il connaissait. Il les avait apportés d'Angleterre et savait que Hawkins en possédait également une paire. Ses autres compagnons n'étaient pas aussi bien pourvus et seraient dans l'obligation de recharger leurs fusils après chaque coup.

A cette époque de l'année où les loups deviennent maigres et incroyablement féroces à cause des privations des mois d'hiver, ils descendent inévitablement dans la vallée à la tombée de la nuit.

Pour se nourrir, ils volent les agneaux, les chevreaux et tout autre jeune animal incapable de leur échapper.

Les fermiers subissent de lourdes pertes mais, quel que soit le nombre de loups qu'ils détruisent, rien ne réussit à débarrasser le Caucase de ces carnassiers voraces.

– Combien sont-ils? demanda lord Athelstan à l'un de ses hommes.

Lorsqu'ils campent, il y a toujours une sentinelle de garde, par crainte des loups, et également des voleurs et des tribus qui considèrent les voyageurs comme leur proie naturelle.

– Je ne crois pas que ce soit une meute importante, M'lord, répondit l'homme.

Ils observaient tous en silence les animaux qui se déplaçaient devant eux, parfois indiscernables sur le fond des buissons et repérables, à d'autres moments, par l'éclat de leurs yeux et la blancheur de leurs dents.

Lord Athelstan savait qu'ils étudieraient le terrain pendant un moment et qu'ensuite, si leur chef était courageux, ils attaqueraient le campement.

Son instinct lui faisait sentir que cette agression

allait se produire et il attendit, les muscles bandés, les mains crispées sur ses pistolets.

Soudain ils avancèrent.

Ils étaient plus nombreux que lord Athelstan ne l'escomptait, leur chef progressait par bonds en grondant, ses dents et ses yeux paraissant démesurés dans la lueur des flammes du feu de camp autour duquel les tentes avaient été montées.

Lord Athelstan tira le premier, ses hommes l'imitèrent. Son pistolet régla le compte du loup de tête et de trois autres mais cela n'arrêta pas la meute.

Le bruit des détonations était assourdissant et lord Athelstan fut consterné de constater que ses hommes n'étaient pas des tireurs aussi adroits qu'il l'avait espéré, ou alors les loups étaient assez résistants pour continuer à avancer même avec des balles dans le corps.

Les hommes rechargèrent et tirèrent de nouveau et lord Athelstan s'aperçut qu'il avait vidé les six canons d'un pistolet et qu'il ne lui restait que quelques coups dans l'autre.

Il entreprit de recharger et, ce faisant, remarqua que Hawkins tirait à sa gauche et que l'homme à sa droite utilisait aussi un pistolet à répétition. Surpris, il pensa que Hawkins avait dû partager ses armes.

Tant de générosité ne lui ressemblait guère car il était excessivement fier de s'être vu confier des pistolets semblables à ceux de son maître.

Les loups hésitaient, leur offensive avait été enrayée, mais ils étaient toujours assez affamés pour risquer une nouvelle tentative.

Puis comme lord Athelstan, ses pistolets rechargés, attendait pour tirer de nouveau, deux loups, dont l'appétit l'emportait sur la prudence, s'attaquèrent aux cadavres de leurs compagnons et commencèrent à les dépecer.

Quelques secondes après, le reste de la meute suivit leur exemple.

Ce fut alors un jeu de les tirer pendant qu'ils se disputaient, grondaient et se battaient entre eux, affairés à mettre en pièces les loups abattus, oublieux de tout autre danger.

Lord Athelstan les tuait l'un après l'autre. Finalement une demi-douzaine seulement s'échappèrent, chacun emportant un morceau de leurs compagnons lacérés et mutilés.

Il tira les balles qu'il avait encore dans ses pistolets, mais l'obscurité ne permettait guère de voir s'il avait fait mouche.

Il se tourna vers ses hommes.

– Beau travail! dit-il. Traînez à l'écart les débris des loups morts. Ceux qui se sont sauvés reviendront peut-être les chercher.

Les hommes se hâtèrent d'obéir et lord Athelstan s'apprêta à parler à celui qui avait pris place à sa droite et s'était servi d'un des pistolets de Hawkins. Mais il n'était plus là.

Rechargeant ses armes tout en marchant, lord Athelstan revint à sa tente.

Hawkins le suivit pour le débarrasser du manteau fourré qu'il avait jeté sur ses épaules et le remettre à sa place, à l'intérieur de la tente près de l'entrée.

– J'aurais dû prévoir que nous aurions des visiteurs de cette espèce ce soir, dit lord Athelstan d'une voix pleine d'entrain. Félicite l'homme de garde qui les a vus le premier.

– Je n'y manquerai pas, M'lord.

– A propos, qui est celui à qui tu as prêté un de tes pistolets à répétition? C'est la première fois que je te vois agir ainsi. Quel bon tireur!

Il y eut un léger silence, puis Hawkins répondit :

– Comme cette personne est un invité de Votre

Seigneurie, je pensais que cela s'imposait, M'lord.
– Mon invité? s'exclama lord Athelstan.
– Oui, M'lord, c'est le monsieur indien. Le Naïb m'a dit qu'il voyagerait avec nous jusqu'à Constantinople.
Lord Athelstan s'immobilisa soudain. Puis d'une voix devenue subitement sèche il ordonna :
– Amène-le-moi.
– Bien, M'lord.
Lord Athelstan eut conscience que Hawkins était surpris du ton qu'il avait employé, mais une intuition désagréable concernant l'identité de l'étranger venait brusquement de s'imposer à lui.
Il avait peine à y croire et pourtant pouvait-il espérer voir Shamyl renoncer à obtenir ce qu'il désirait?
Quelques minutes passèrent. Puis Hawkins écarta la porte de la tente.
– Son Altesse le prince Akbar de Sharpoura, M'Lord.
Le visiteur pénétra dans la tente et Hawkins lui ôta son *bourkha* en peau de chèvre qu'il posa près du manteau de lord Athelstan. Puis il se retira en rajustant la porte pour empêcher l'intrusion de la fraîcheur nocturne.
Lord Athelstan avait devant lui Natacha Mélikov et pendant un instant aucun d'eux ne rompit le silence.
Elle était habillée de la longue tunique en brocart des princes radjpoutes, serrée à la taille et haute de col.
Elle portait un turban bleu et lord Athelstan vit qu'elle avait bistré la peau de son visage et de ses mains.
Ses yeux étaient légèrement soulignés de khôl et sous la tunique de brocart, ses jambes étaient revêtues

du vêtement blanc collant semblable à un pantalon, serré aux chevilles, porté par les tribus du nord.

En dépit de sa fureur, lord Athelstan ne put s'empêcher de reconnaître que son déguisement était parfait.

Elle ressemblait en tout point à un jeune prince indien et quelque chose dans la fierté et la dignité de son attitude rendait l'illusion encore plus convaincante.

Il retrouva enfin la voix.

– Comment osez-vous? s'exclama-t-il. Comment osez-vous vous imposer alors que je vous ai signifié très clairement, à vous et à l'iman, que je ne voulais pas vous escorter?

– Je n'avais pas d'autre moyen de sauver mon frère, répondit la jeune fille.

– C'est votre problème et non le mien, dit lord Athelstan d'un ton sec. Vous allez retourner à Dargo-Vedin. Je ne veux pas être mêlé à cette histoire!

– Comptez-vous me voir partir ce soir ou pensez-vous me renvoyer demain? J'aurai besoin d'une escorte de quatre hommes.

Les lèvres de lord Athelstan se crispèrent de fureur, car il ne pouvait pas se passer de quatre hommes ou de leurs chevaux sans sacrifier une partie importante de son équipement.

D'autres membres de son personnel devaient le rejoindre à Tiflis. En effet, il les y avait envoyés directement de la frontière persane avec le gros de ses bagages qu'il n'avait pas emporté dans sa périlleuse chevauchée jusqu'à Dargo-Vedin.

Mais il ne désirait nullement emmener Natacha Mélikov avec lui à Tiflis; d'autre part, si ses hommes arrivaient là-bas avec quatre des leurs en moins, cela susciterait de toute évidence des bavardages.

Lord Athelstan savait qu'un mot transmis de bouche

à oreille dans les bazars de Tiflis serait connu le soir même dans le salon du vice-roi.

« Etait-il prêt, se demanda-t-il, à expliquer pourquoi, ayant amené une des prisonnières jusqu'en Géorgie, il l'avait délibérément renvoyée en captivité? »

Il se rendait compte qu'il était dans une impasse et cela le rendait d'autant plus furieux. Toutefois, comme il avait toujours eu une parfaite maîtrise de soi, il ne s'emporta pas contre la jeune fille qui lui faisait face, mais déclara d'une voix glaciale et cinglante :

– Je suis consterné et écœuré par votre audace! Je ne croyais pas que Shamyl agirait envers moi avec cette traîtrise. Je ne soutiendrai certainement pas sa cause auprès de l'Angleterre!

– Pénaliser Shamyl serait injuste et vindicatif, rétorqua Natacha Mélikov. Vous avez toutes les raisons d'être courroucé, Mylord, mais je ne m'attendais pas à ce que vous vous conduisiez, d'une manière aussi mesquine parce que vous vous êtes fait duper.

– Vous avez employé à mon égard des mots très durs depuis que nous nous connaissons, comtesse, répliqua lord Athelstan, mais vous pouvez difficilement espérer que je sois heureux de compromettre ma carrière à cause de votre conduite que je réprouve et qui pour tout dire me révolte!

– Elle ne devrait pas vous révolter plus que l'idée de me savoir violée par un Tartare barbare dans un aôul tombant en ruine, riposta la jeune fille.

Elle s'assit dans un des fauteuils près de la table. A ce moment, il s'aperçut qu'elle était aussi en colère que lui. Pourtant elle aussi se dominait et seul l'éclat de ses yeux noirs indiquait la fureur qui brûlait en elle.

– Si nous discutions la situation raisonnablement, Mylord? proposa la jeune comtesse.

– Il n'y a pas pour un sou de raison dans cette

affaire! Mais je suis prêt à écouter ce que vous avez à me dire.

– C'est vraiment généreux de la part de Votre Seigneurie étant donné qu'elle n'a pas le choix, déclara Natacha Mélikov d'un ton sarcastique.

– Je pourrais vous jeter aux loups! s'exclama-t-il.

L'amusement étira légèrement les coins de la bouche de la jeune fille.

– Une réaction bien peu anglaise, commenta-t-elle, mais indubitablement ce serait une compensation d'écouter craquer mes os! (Elle marqua un temps avant d'ajouter :) Les loups auraient encore faim. Il me reste très peu de chair sur le corps après ce séjour dans la demeure de l'iman.

Elle essayait de piquer au vif son amour-propre; lord Athelstan en était conscient et en même temps ne pouvait s'empêcher de reconnaître que son emprisonnement l'avait réduite à une grande maigreur.

Il s'avisa soudain aussi qu'elle devait être bien ankylosée et courbatue après ces deux jours de chevauchée épuisante, alors qu'elle avait été dans l'impossibilité de prendre de l'exercice pendant tant de mois. La princesse Anna lui avait raconté à quel point Shamyl les avait tenues recluses.

– Puis-je vous offrir un verre de vin? demanda-t-il.

Elle le regarda et, à présent, ses yeux étaient rieurs.

– *Méfiez-vous des Grecs même quand ils vous offrent des présents,* cita-t-elle. Est-ce une tentative pour me persuader de m'en retourner volontairement?

– A franchement parler, je me disais que vous deviez être fatiguée, répliqua lord Athelstan.

– Je le suis, dit-elle, mais d'autre part je crains que vous ne cherchiez à me jouer un tour.

– Comme vous m'en avez joué un! riposta-t-il. Je vous assure, comtesse, que je le ferais sans hésiter si je savais comment m'y prendre.

Lord Athelstan alla chercher une bouteille de cognac dans la malle de cuir frappée d'une couronne contenant ses réserves de boissons.

Il posa la bouteille sur la table, sortit deux verres qu'il remplit à moitié.

– Buvons sous réserve de ce que nous avons à nous dire.

Comme la comtesse Natacha portait le cognac à ses lèvres, il vit que ses doigts maigres tremblaient et il comprit qu'elle était vraiment très lasse.

Tout à coup, il fut frappé par son courage, ce qui ne l'empêcha pas de persister dans sa conviction impérative de se débarrasser d'elle au plus tôt.

Comme si elle lisait dans ses pensées, elle avala une nouvelle gorgée de cognac et lui demanda :

– Eh bien, avez-vous décidé de m'assassiner ou de me renvoyer couverte de chaînes?

– Vous savez bien que je ne peux faire ni l'un ni l'autre, répliqua lord Athelstan qui se sentit de nouveau au comble de la fureur.

Impossible d'arriver à Tiflis avec une femme déguisée en homme, et de plus pas une femme quelconque mais une prisonnière de l'iman. Une femme prête à un sacrifice excessif et ridicule qui causerait un scandale énorme dans tout le monde chrétien.

– Ecoutez-moi, dit-il d'un ton énergique. Vous ne pouvez pas exécuter votre projet! Je sais que vous aimez votre frère et désirez le sauver, mais la façon dont vous essayez d'y parvenir est absurde!

– Pourquoi?

– Vous en connaissez les raisons aussi bien que moi, répliqua lord Athelstan avec irritation. Ce que vous ne comprenez pas, c'est que la défaite de Shamyl n'est qu'une question de mois. Il ne tiendra plus longtemps tête aux Russes. Son armée est épuisée. Ses hommes sont obligés d'abandonner de plus en plus de territoires qui leur appartenaient auparavant et le maréchal Bariatinsky les harcèle sans relâche.

– Si les Russes atteignent vraiment Dargo-Vedin, vous imaginez-vous qu'il restera beaucoup de gens en vie? Vous savez comme moi que les Caucasiens meurent en combattant.

C'était incontestable et lord Athelstan garda le silence.

Les guerriers caucasiens choisissaient toujours de mourir plutôt que de se rendre. La mystique qui animait les Mourids fut longtemps incomprise des Russes.

– J'ai l'occasion de sauver mon frère, poursuivit la jeune comtesse, mais le seul choix en ce qui me concerne est entre un Naïb et un sultan. (Elle haussa les épaules d'une manière éloquente.) Je ne vois pas ce que l'un a de pire ou de plus déplaisant que l'autre. (Elle poussa un profond soupir et ajouta :) Dimitri retournera chez nous. C'est tout ce qui compte.

– Je suppose que vous vous attendez à ce que je vous admire? questionna lord Athelstan d'un ton sec.

– Je n'attends rien de vous, Mylord, excepté ce que je peux extorquer par chantage ou traîtrise. (Elle but le reste de son cognac, ce qui sembla lui procurer un regain de force pour déclarer :) Vous me prendrez avec vous parce que vous n'avez pas le choix. Personne ne devinera qui je suis. Pour vos domestiques, pour tous ceux que nous rencontrerons, je suis un prince radjpoute, le fils du maharadjah de Sharpoura. Vous m'avez amené avec vous de l'Inde. Qui mettra en doute cette fable?

Lord Athelstan serra les lèvres pour s'empêcher de s'emporter contre elle. Son audace et son impertinence lui paraissaient intolérables et pourtant il ne savait que répondre.

Escorter un jeune prince désirant visiter l'Angleterre n'avait rien que de très naturel. Un maharadjah de Sharpoura lui aurait-il demandé ce service qu'il aurait accepté même si cela l'avait contrarié.

Cependant arriver à Tiflis avec une des prisonnières de Shamyl, à qui s'intéressait la Russie entière, et ne pas la remettre à son propre peuple était un acte tellement inconcevable que lord Athelstan ne trouvait pas de mots pour exprimer l'aversion que lui inspirait ce projet.

– Que le diable vous emporte! s'exclama-t-il avec force. Le moment est mal choisi pour jouer aux charades, pour espérer que vous ne serez ni reconnue ni découverte. S'il faut vous conduire d'une manière aussi ridicule, pourquoi devrais-je m'en mêler?

– Je vous ai accusé d'être un lâche la première fois que nous nous sommes rencontrés, rétorqua la jeune comtesse. Maintenant, j'y ajouterai le reproche d'être un fieffé égoïste. Vous ne pensez qu'à vous-même, Mylord.

– Je pense à ma situation de représentant de Sa Majesté britannique la reine Victoria, répliqua lord Athelstan.

– Vraiment très impressionnant, ironisa la jeune fille, et je suis sûre que vous êtes éblouissant dans votre costume de diplomate. Mais ce qui me préoccupe est de sauver la vie de mon frère et les moyens m'importent peu.

– Je m'en aperçois!

– Faites-moi confiance, supplia la jeune comtesse. Je vous promets que je ne vous mettrai pas dans l'embarras! Vous ne serez pas découvert avec une femme dans vos bagages si c'est ce qui vous tracasse! D'ailleurs, si cela était, je doute que quelqu'un s'en choque à Tiflis.

– Cela dépend évidemment de la femme.

– C'est vrai, mais personne ne vous montrera du doigt avec mépris parce que vous avez l'amabilité d'emmener un jeune Indien pour son premier voyage dans ce pays. Et je vous assure que je suis une bonne actrice.

– Toutes les femmes sont des fieffées menteuses! s'exclama lord Athelstan avec amertume.

– Parlez-vous d'après votre expérience personnelle? Qui vous a brisé le cœur?

Cette question était d'une telle impertinence que l'expression de lord Athelstan se figea.

– Je crois, comtesse, dit-il froidement, que si nous devons jouer les comédiens amateurs il serait plus sage d'éviter les questions personnelles.

– Ce qui signifie que vous avez grande envie de me dire des choses désagréables. Eh bien, dites-les! Je vous assure que j'ai la peau beaucoup plus dure que la vôtre!

– Je le crois volontiers! riposta lord Athelstan d'un ton sec.

Elle eut un petit rire franchemenet amusé.

– Vous êtes mauvais joueur, Mylord. En même temps, je constate que vous vous avouez vaincu. Nous jouerons à cette « charade » ensemble!

– Sans mon accord, contre l'instinct de tout mon être et avec un sentiment de frustration et de fureur dans le cœur, déclara violemment lord Athelstan.

Natacha Mélikov ouvrit de grands yeux.

– Ainsi vous avez un cœur! s'exclama-t-elle. Je commençais à en douter.

Lord Athelstan se leva de son fauteuil.

Il était si irrité qu'il avait une envie folle de prendre

la jeune fille par les épaules et de la secouer comme un prunier.

C'est un sentiment qu'il n'avait encore jamais éprouvé à l'égard d'une femme et décidément cette jeune Russe lui portait incroyablement sur les nerfs.

Il était irrité par chacun des mots qu'elle prononçait. Il était également exaspéré par son audace de s'être imposée à lui alors qu'il avait refusé de lui accorder son aide. Bien sûr, ce procédé était déjà odieux en soi.

De plus, cette façon délibérée de le provoquer, de lui décocher railleries et sarcasmes, était pour lui une expérience toute nouvelle et éveillait des réactions jamais suscitées par aucune autre femme.

– Je vois, dit-il, que même l'emprisonnement et le jeûne n'ont pas réussi à faire naître en vous les grâces naturelles propres à toutes les femmes dignes de ce nom. (Il eut l'impression qu'elle avait l'air amusé et ajouta :) Gâtée, choyée et adulée toute votre vie, vous estimez que vous pouvez agir à votre fantaisie et faire vos quatre volontés uniquement parce que vous êtes une aristocrate. Eh bien, laissez-moi vous dire, comtesse, que vous me déplaisez autant que votre conduite m'irrite et je trouve intolérable de devoir supporter votre présence jusqu'à Constantinople!

– Voilà qui est franc, Mylord.

– Et je continuerai à parler avec franchise, répliqua lord Athelstan. Je n'ai jamais rencontré jusqu'ici une femme bien née se conduire d'une manière aussi scandaleuse.

– Alors ce sera pour vous une expérience instructive! Pensez quelle anecdote amusante à inclure dans vos mémoires.

– Je crois, comtesse, reprit lentement lord Athelstan, que vous seriez sage de vous retirer. Si vous restez ici, je dirai ou ferai peut-être même quelque chose que je regretterai ensuite.

– Vous aimeriez me battre, n'est-ce pas? questionna la jeune comtesse. Seuls votre éducation anglaise et vos principes vous en empêchent.

– J'espère qu'un jour, dit brutalement lord Athelstan, vous épouserez quelqu'un qui vous matera à coups de trique!

– Comme le font les paysans russes avec leur femme, répliqua en souriant Natacha Mélikov. C'est une pensée stimulante et certainement une idée à méditer en allant se coucher. (Elle se leva à son tour.) Bonne nuit, Mylord. Je ne saurais vous dire à quel point je me réjouis d'avance de ce voyage en votre compagnie et d'une association qui, j'en suis sûre, sera très intéressante.

Elle parlait d'un ton sarcastique. Puis, moqueuse, elle plaça ses paumes l'une contre l'autre, doigts contre doigts, dans le traditionnel salut indien.

– *Salaam, Sahib!*

Avant que lord Athelstan trouve une réplique pertinente, elle avait ramassé son *bourkha* et était sortie de la tente.

Il resta planté comme elle l'avait laissé, les mains jointes et crispées dans un effort pour se maîtriser, conscient de n'avoir jamais de sa vie éprouvé pareille fureur, et ne pouvoir l'exprimer le rendait ivre de rage.

Cette jeune fille le bravait et l'abreuvait de sarcasmes; elle ne tenait aucun compte de ce qu'il disait; elle s'imposait à lui avec la complicité de l'iman et il n'y pouvait rien! Le fait qu'elle se moquait de lui n'entrait pas seul en ligne de compte.

Shamyl, il ne le savait que trop, y verrait une victoire de la subtilité orientale sur un Anglais à l'intelligence obtuse et dépourvu d'intuition.

– Que le diable emporte Shamyl! Que le diable les emporte tous! s'exclama lord Athelstan.

Puis il fut surpris de s'être départi de sa réserve habituelle, de cette froideur pour laquelle il était célèbre, et de la maîtrise dont il s'enorgueillissait.

« Quelle importance? » se dit-il – mais il sentit que sa réaction importait plus qu'il ne voulait l'admettre.

Lord Athelstan passa une mauvaise nuit et quand il sortit de sa tente pour trouver Natacha Mélikov déjà installée à la table du déjeuner, cela n'apaisa pas son irritation.

La matinée chaude et sans vent était inondée de soleil.

Hawkins avait écarté les pans de la tente, du côté aménagé en salon, ce qui permettait à lord Athelstan de voir la verte vallée où ils campaient.

Les arbres fruitiers étaient en pleine floraison; les prairies étaient couvertes de fleurs; ils avaient laissé l'hiver derrière eux au Daghestan.

A son entrée, Natacha Mélikov se leva du fauteuil dans lequel elle était assise.

– Bonjour, Mylord, dit-elle courtoisement, presque avec humilité.

Mais elle avait pris l'accent indien et lord Athelstan se rendit compte qu'elle jouait la comédie à l'intention de Hawkins et des autres domestiques qui les servaient.

– Bonjour, répliqua-t-il sèchement. (Puis il ajouta à contrecœur :) Votre Altesse.

« S'il nous faut jouer cette satanée comédie, autant que je m'acquitte de mon rôle de façon convaincante », songea-t-il.

Hawkins, il le savait, était difficile à berner, en admettant que les autres domestiques le soient plus facilement.

Il se demanda aussi avec appréhension si une femme serait abusée par le déguisement de la comtesse.

Puis il réfléchit que, s'il l'examinait d'un œil critique mais sans préjugé, il aurait du mal à deviner qu'il n'était pas en présence d'un jeune homme.

Elle était si maigre qu'aucune rondeur féminine n'apparaissait sous la tunique droite, ajustée, et les princes radjpoutes étaient réputés pour la beauté de leur visage et la finesse de leurs traits.

Le nez de Natacha Mélikov était trop court, mais de nombreuses tribus du nord n'avaient pas le nez busqué si répandu dans les portraits radjpoutes, et leur peau était plus claire que celle des Indiens du sud.

Ces détails mis à part, connus de lord Athelstan parce qu'il avait voyagé aux Indes, il était peu probable que beaucoup de gens à Tiflis aient été en rapport avec des Indiens, encore moins qu'ils aient visité leur pays.

En dépit de ses soucis, lord Athelstan avala un petit déjeuner copieux, remarquant néanmoins que Natacha Mélikov mangeait très peu; cette difficulté à absorber la nourriture était causée probablement par les mois de privations auxquelles elle avait été soumise.

Dès qu'il eut fini, lord Athelstan se leva.

– Nous devons partir, dit-il d'un ton brusque.

Il était sur le point de sortir et d'enfourcher son étalon quand un de ses hommes vint près de la tente parler à Hawkins.

Lord Athelstan s'immobilisa.

– Il y a des soldats qui approchent, M'lord.

Hawkins n'avait pas achevé sa phrase que résonna un bruit de chevaux.

Un instant après, un officier en uniforme russe se dirigea vers la tente, ses épaulettes et décorations brillant au soleil.

Lord Athelstan s'avança à la rencontre de l'officier qui salua vivement.

– Vous êtes lord Athelstan? questionna-t-il en assez bon anglais.

– Oui.

– J'ai un message pour vous, M'lord, du colonel-prince David Tchavtchavadze. Il est à Vladicaucase et il demande si Votre Seigneurie voudrait lui faire l'honneur de le rencontrer aussitôt que possible.

Lord Athelstan ne fut pas surpris de l'invitation.

Il était évident que le prince David attendrait quelque part dans les environs en compagnie de Djemmal Eddin les résultats des négociations pour l'échange des otages.

– Informez, je vous prie, le prince David que je vais me rendre immédiatement à Vladicaucase, dit-il à l'officier.

– Nous sommes ici pour vous escorter, M'lord. Mon nom est Gagarin... capitaine Ivan Gagarin.

– Ravi de vous connaître, capitaine, répliqua lord Athelstan en tendant la main.

Il s'aperçut alors que Natacha Mélikov avait quitté la table et s'avançait vers eux. Certainement elle le faisait exprès. Maintenant, il n'avait plus qu'à dire du ton le plus aimable dont il était capable :

– Votre Altesse, permettez-moi de vous présenter le capitaine Gagarin... le prince Akbar de Sharpoura. (Il remarqua la surprise du capitaine et fut obligé d'expliquer :) Son Altesse voyage avec moi depuis les Indes. Elle se rend en Angleterre pour la première fois.

Au moment même où il prononçait ces paroles, il se rendit compte que la jeune comtesse triomphait. Elle avait gagné!

La situation dans laquelle elle l'avait mis le contraignait à la présenter et, une fois le premier pas accompli, impossible de reculer.

Il ne pouvait pas se débarrasser d'elle et, en dépit de sa colère, il était contraint de prendre part à une mystification qui, si elle était découverte, ruinerait sa carrière et causerait un scandale dont il resterait marqué jusqu'à la fin de ses jours.

– L'invitation du prince s'étend naturellement à Votre Altesse, dit le capitaine à Natacha Mélikov.

– J'en suis très reconnaissant, fut la réponse du pseudo-prince.

Ils se mirent en route quelques minutes plus tard, laissant les domestiques de lord Athelstan lever le camp.

Vladicaucase était une ville de garnison typique et un centre commercial entre la Russie, le Caucase et les provinces transcaucasiennes.

On y trouvait les marchés classiques orientaux où les voyageurs et les soldats pouvaient acheter de beaux tapis, des objets en argent et en ivoire, des soieries de Perse, des selles et des épices.

Mais les articles les plus recherchés étaient les poignards et autres armes incrustés d'argent et d'ivoire.

En raison de la prospérité de Vladicaucase due à sa position de base militaire, des bains de vapeur persans et russes, des clubs, des boutiques, des restaurants, et quelques demeures particulières fort imposantes parsemaient la cité.

La résidence du gouverneur dominait la ville. C'est là, apprit lord Athelstan, que le prince David séjournait, ainsi que Djemmal Eddin.

Ils y demeuraient ensemble, lui expliqua le capitaine Gagarin, depuis l'arrivée de Djemmal Eddin à Vladicaucase au début de février. En raison du sacrifice que le jeune homme allait s'imposer en renonçant à sa vie actuelle pour obtenir la libération des princesses captives, les Russes se mettaient en quatre pour lui.

Les officiers et les habitants de toutes les villes de garnison entre Tiflis et Vladicaucase organisaient bals et soupers, réceptions et soirées en son honneur.

– Que pense Djemmal Eddin de ce retour dans son pays? demanda lord Athelstan au capitaine Gagarin tandis qu'ils chevauchaient dans la magnifique campagne verdoyante.

– Je crois qu'il se pose la question de savoir quel est maintenant son pays, répliqua le capitaine.

Lord Athelstan estima cette réponse on ne peut plus pertinente quand il se trouva en face de Djemmal Eddin.

Le jeune homme n'avait guère changé depuis qu'il l'avait vu à Saint-Pétersbourg, tout aussi charmant, tout aussi séduisant; ses grands yeux noirs étaient devenus encore plus mélancoliques que dans le souvenir de lord Athelstan.

A présent, il y avait quelque chose de presque angoissé dans l'expression de son visage, comme s'il savait que ce qui l'attendait était non seulement l'anéantissement, mais aussi la condamnation de tout ce qui lui était cher.

Lorsque lord Athelstan eut rapporté au prince David les termes de la conversation qu'il avait eue avec la princesse Anna à Dargo-Vedin, ils en vinrent inévitablement à parler de Djemmal Eddin.

Il ne se trouvait pas dans la pièce et le prince David déclara :

– Je n'ai jamais rencontré de Tartare musulman si peu caractéristique de sa race. Ce garçon est russe et complètement européanisé.

– Je le vois bien! répondit lord Athelstan.

– Ce que j'admire chez lui, reprit le prince David, c'est qu'il refuse d'être mis sur un piédestal ou d'être plaint. Il ne veut pas assumer le personnage romantique du libérateur.

Mais lord Athelstan se rendait compte qu'il apparaîtrait à tout le monde sous cette étiquette.

Pendant qu'il s'entretenait avec le prince, Natacha Mélikov assise à côté de lui, il ne put s'empêcher de se demander à quoi la jeune fille pouvait penser.

Elle voyait certainement à quel point chacun dans Vladicaucase était ému devant le prix que Djemmal Eddin devait payer pour la libération des otages.

S'il n'avait pas été si irrité, il se serait diverti de la facilité avec laquelle la jeune comtesse passait pour un Indien. Sa présence ne provoquait aucun commentaire pour la simple raison que l'unique préoccupation des Russes était le sort de Djemmal Eddin.

Toutefois il y avait dans l'atmosphère une tension manifeste, car les négociations entre Shamyl et les Russes pour l'échange des otages n'avaient toujours pas abouti.

– La difficulté, dit le prince David à lord Athelstan, c'est qu'il m'est impossible de réunir davantage d'argent. Je ne peux pas trouver plus de quarante mille roubles que j'ai déjà offerts. (Il étouffa une exclamation de rage impuissante et poursuivit :) Ils persistent à suggérer que j'écrive au tsar et au gouvernement, mais comment puis-je demander à l'Etat de payer pour des personnes privées une rançon qui ira remplir les coffres des Mourids?

– Je vous l'accorde volontiers. Ce n'est pas possible, convint lord Athelstan.

Il dit au prince David sa conviction que la pierre d'achoppement était non pas Shamyl, mais la rapacité des Mourids.

– Pour la première fois ils se rendent compte de leur pouvoir, expliqua-t-il.

– Maudits barbares! s'exclama le prince David.

Il était difficile de découvrir les mots susceptibles de

réconforter l'homme torturé par la pensée que sa femme et les siens étaient aux mains de ses ennemis.

Qui plus est, les lettres que la princesse Anna écrivait à son mari exprimaient une détresse croissante étant donné que leurs épreuves semblaient ne jamais devoir finir.

– Il ne faut pas que nous vous retenions trop longtemps à Vladicaucase, dit le prince David à lord Athelstan, et d'ailleurs nous allons vous accompagner à Tiflis où le vice-roi vous attend. (Il se força à sourire en ajoutant :) On donne un nouveau bal en l'honneur de Djemmal Eddin. Je crois que nous commençons à en être fatigués mais pour lui c'est son « chant du cygne ». Il sait qu'une fois parti de Géorgie, il ne valsera plus jamais.

– Etes-vous sûr que le vice-roi m'attend? demanda lord Athelstan. Je pense que mieux vaudrait que je continue mon voyage jusqu'à Constantinople sans m'arrêter.

Il s'exprimait ainsi tout en sachant bien qu'une entrevue avec le prince Voronzov avait été organisée de longue date.

Mais il redoutait de séjourner au palais à cause de la présence de la comtesse Mélikov.

– Je vous assure, répondit le prince David, que Son Excellence se fait une fête de votre visite. J'ai aussi envoyé un message pour lui annoncer la présence du prince Akbar.

Lord Athelstan ne pouvait donc plus qu'exprimer sa gratitude. Mais avant le départ de Vladicaucase, il eut l'occasion de s'entretenir en privé avec Natacha Mélikov.

– Peut-être serait-il sage que je vous envoie en avant, dit-il, afin que vous n'ayez pas à séjourner à Tiflis. Nous pourrions nous retrouver à Batoum.

– Toujours inquiet? demanda-t-elle d'un ton railleur.

– J'ai peur, oui, qu'on découvre le pot-aux-roses, répliqua lord Athelstan presque grossièrement. Vous voyez bien l'atmosphère qui règne ici. Les gens ne pensent qu'à l'échange des otages et ne parlent que de cela. Imaginez-vous ce qui se passerait s'ils savaient que j'ai avec moi un otage et que je l'accompagne volontairement jusqu'à une autre prison?

– La nouvelle ferait certainement sensation, répliqua-t-elle avec désinvolture. Nous devons donc nous montrer prudents pour ne pas nous trahir.

– Nous! gémit lord Athelstan. Comment me suis-je trouvé mêlé à cette mascarade, je ne le saurai jamais!

– Peut-être était-ce la destinée, dit suavement Natacha Mélikov. La destinée a voulu que vous receviez mission de rendre visite à Shamyl, la destinée a voulu que je vous attende là-bas!

– J'ai vraiment joué de malheur le jour où je vous ai rencontrée, rétorqua lord Athelstan.

– Votre galanterie me confond. Cessez de trembler. N'importe qui doué d'un peu de clairvoyance verrait tout de suite que vous dissimulez quelque chose.

– Il n'y a qu'à vous regarder pour deviner que c'est vous qui tentez de cacher un secret d'Etat! fulmina lord Athelstan.

– Là, vous marquez un point! Jusqu'à maintenant, j'avais nettement l'avantage, fit la comtesse en riant.

Une fois de plus, lord Athelstan éprouva un irrépressible désir de la secouer comme un prunier mais, décidé à ne pas lui donner la satisfaction de savoir à quel point elle l'énervait, il s'éloigna, sachant néanmoins qu'elle continuait à rire de plus belle.

Ils atteignirent Tiflis tard dans l'après-midi.

La capitale géorgienne n'avait jamais été plus belle,

ses clochers, ses tours et ses toits brillaient comme de l'or au soleil.

Les arbres qui l'entouraient étaient chargés de fleurs; le fleuve, qu'ils franchirent sur le pont construit par Alexandre le Grand, coulait comme de l'argent en fusion entre ses berges escarpées.

Le prince David et Djemmal Eddin séjournaient dans l'immeuble de l'état-major, mais ils accompagnèrent lord Athelstan et Natacha Mélikov au palais du vice-roi.

C'était un cadre idéal pour y déployer le faste habituel au prince Voronzov dont la haute silhouette pleine de dignité avait si souvent figuré dans les combats historiques du Caucase.

Agé maintenant de soixante-treize ans, il avait vieilli, mais gardait toujours une prestance qui en faisait un personnage fort impressionnant.

Les colonnades de marbre du palais, ses lustres gigantesques et son mobilier doré formaient un contraste magnifique, presque incroyable pour Djemmal Eddin, avec le grand Aôul.

Ils dînèrent dans de la vaisselle d'or, servis par des laquais portant la livrée pourpre et blanche des Voronzov. Ils étaient au nombre de trois cents au palais.

Le repas comportait vingt services et lord Athelstan se demanda ce que la jeune comtesse serait capable de consommer.

La princesse Elisa Voronzov, qui portait un collier d'énormes turquoises et diamants, avait pour page un nain aux immenses moustaches, vêtu d'un uniforme extraordinaire.

Les Russes avaient en effet une passion pour les domestiques aux allures spectaculaires. L'impératrice était toujours suivie par ses pages nègres affublés de vastes culottes bouffantes et de turbans garnis de plumes.

Lord Athelstan regarda les dames jouer de la prunelle pour séduire le malheureux Djemmal Eddin. Il se demandait comment, dans ces conditions, parvenir à convaincre les Mourids que le prince David était vraiment incapable de réunir le million de roubles qu'ils exigeaient comme rançon.

Lord Athelstan était certain que le moindre détail de ce dîner et de toute autre réception donnée en l'honneur de son fils serait rapporté à Shamyl.

Plus tard dans la soirée, pendant le bal, Djemmal Eddin valsa avec les beautés du pays.

La lumière des chandelles miroitait sur les décorations des officiers et les bijoux encerclant le cou des dames dont les crinolines, importées de Paris, oscillaient autour d'elles aux accents d'un orchestre à cordes.

Lord Athelstan sortit par une porte-fenêtre sur la terrasse. Le jardin était plein de buissons de lauriers roses en fleur; des acacias et des eucalyptus y projetaient des ombres profondes.

Etant donné sa profonde connaissance de l'Orient, lord Athelstan était sûr que les espions de Shamyl observaient tout ce qui se passait.

L'iman ne voudrait pas seulement être au courant des faits et gestes de son fils. Il voudrait aussi avoir la certitude absolue que c'était vraiment Djemmal Eddin qui serait échangé contre les princesses captives.

Connaissant l'austérité de la vie de l'iman, lord Athelstan songea que les rapports de ses espions ne laisseraient pas d'être inquiétants, pour ne pas dire plus.

Qu'un musulman danse, étreigne des femmes deminues, des chrétiennes, qu'il boive du vin et fume des cigares, signifiait la perdition aux regards d'Allah.

Lord Athelstan était plongé dans ses réflexions quand il entendit un pas léger derrière lui sur la terrasse et eut conscience que Natacha Mélikov était venue le rejoindre.

– Pensez-vous à Djemmal Eddin? demanda-t-elle.

– Oui, reconnut-il.

– J'ai pensé à lui, moi aussi, et à moi.

– Pourquoi ne changez-vous pas d'idée? questionna lord Athelstan. Montrez-vous vêtue en femme et dites à vos compatriotes que vous vous êtes enfuie.

– Le feriez-vous à ma place? demanda-t-elle à voix basse.

– Je suis un homme.

– Vous m'avez déjà dit que je n'étais pas féminine.

– J'estime toujours que ce serait le parti raisonnable à prendre.

– En laissant mon frère dans l'enfer où Djemmal Eddin va retourner?

L'argument était sans réplique.

D'un geste irrité, lord Athelstan lança son cigare par-dessus la balustrade. Le cigare tomba sur le sol et grésilla en s'éteignant dans l'herbe humide.

– Le fait de votre présence en ce lieu sera rapporté à Shamyl, soyez-en certaine, déclara-t-il.

– Vous voulez dire... que... des yeux nous observent?

– Pas seulement vous, mais aussi Djemmal Eddin.

– J'aurais dû m'en douter. Quand nous étions dans le grand Aôul, il y avait constamment quelqu'un qui nous espionnait. Un tel manque d'intimité est terrifiant!

– Ainsi va la vie en Orient, remarqua lord Athelstan.

– Et en Russie!

La jeune fille resta un instant silencieuse puis, à voix basse comme si elle se parlait à elle-même, elle reprit :

– C'est pourquoi j'aimerais aller en Angleterre. Je regrette de ne pas être pour de bon le prince Akbar! J'ai toujours rêvé de la liberté qui règne en Grande-Bretagne; de ne pas avoir peur de ce que j'ai à dire; de ne pas me sentir constamment espionnée. (Lord Athelstan ne répondit rien et elle soupira.) Cela ne sert à rien de viser trop haut, dit-elle bravement. Comme Votre Seigneurie le sait bien, Constantinople est mon but.

En disant ces mots, elle se détourna et rentra dans la salle de bal.

Il se rendit compte qu'elle avait envie de regarder la danse, de contempler la noblesse, l'élégance, la beauté des valseurs.

Comme pour Djemmal Eddin, pour elle ce serait la dernière fois.

4

Lord Athelstan entra dans le salon faisant partie de l'appartement qui leur avait été attribué, à lui et à la comtesse Mélikov, dans le palais du vice-roi.

En tendant son chapeau et ses gants à un domestique, il s'aperçut que la jeune fille l'attendait.

Elle se leva à son entrée et ses yeux noirs ne quittèrent pas les siens quand il s'avança sur le tapis d'Aubusson, au-dessous d'un énorme lustre de cristal qui ornait le centre de la pièce richement décorée.

Elle demeura silencieuse jusqu'à ce que la porte se soit refermée derrière le domestique, puis demanda :

– Est-ce que tout va bien?

Lord Athelstan vit l'anxiété peinte sur son visage et se rendit compte que pour une fois elle avait abandonné l'attitude agressive ou moqueuse qu'elle adoptait à son égard, et était vraiment inquiète.

– Venez vous asseoir, dit-il, et je vous raconterai ce qui s'est passé.

Il s'était levé très tôt le matin afin de partir à cheval avec le prince David, Djemmal Eddin et un certain nombre d'autres officiers pour Hassif Yourt où ils devaient rencontrer les messagers de l'iman.

Lord Athelstan avait appris en cours de route que le prince David était profondément déprimé, ayant reçu le matin même une lettre de sa femme.

La princesse Anna écrivait :

Aujourd'hui, ils devaient nous répartir parmi les Naïbs. Nous nous voyions déjà perdues, mais ses fils ont demandé à Shamyl de t'envoyer une dernière fois des messagers.

– Je ne peux pas croire que ce soit vrai, dit lord Athelstan. Je pense seulement que l'iman fait peur à la princesse Anna pour qu'elle vous écrive dans ce sens.

– Voici ce que ma femme dit ensuite, répliqua le prince David d'une voix altérée :

Il semble que ce ne soit pas la volonté de Dieu que nous nous revoyions en ce monde.

– Que puis-je répondre à cela? ajouta le prince.

– Je suis absolument convaincu, répliqua lord Athelstan, que quelles que soient ses menaces, Shamyl est décidé à récupérer son fils. Après tout, il a attendu treize ans ce moment.

– Je suis incapable de rassembler un million de roubles! s'exclama le prince David, désespéré.

– Je doute que Shamyl tienne à l'argent. J'ai vu dans quelle austérité il vit. J'ai séjourné chez lui. Sa demeure n'a pratiquement aucun confort.

– Cette rapacité est inspirée par les Mourids qui

apparemment dominent leur chef, conclut avec amertume le prince David.

– C'est ce qu'ils veulent nous faire croire, répliqua lord Athelstan. Pour ma part, j'estime Shamyl bien trop malin pour se laisser circonvenir par ses partisans et perdre ainsi la chance de serrer de nouveau son fils dans ses bras.

– J'aimerais pouvoir vous croire, répondit le prince. Vous verrons ce qui va se passer ce matin.

Ils arrivèrent à Hassif Yourt, ville de garnison proche du lieu choisi par Shamyl pour l'échange des otages.

Il s'agissait d'un plateau à la lisière de son propre territoire, le haut-Tchetchnia. Il descendait en pente jusqu'à l'eau, si bien que ses hommes profitaient de la protection des pentes boisées.

De l'autre côté du fleuve Mitchik, la campagne géorgienne était découverte, dépourvue de forêts, et pouvait par conséquent être facilement mitraillée si, au dernier moment, l'échange devait se transformer en bataille.

Pour l'instant, les négociateurs de l'iman semblaient résolus à soulever des difficultés.

Lord Athelstan avait été invité par le prince David à les accompagner, lui et Djemmal Eddin, à cette réunion, afin qu'il puisse voir et rapporter au gouvernement anglais la façon dont Shamyl tergiversait, temporisait, hérissait d'obstacles ce qui normalement devrait être un simple échange d'otages.

Il en eut l'éclatante démonstration à leur arrivée à Hassif Yourt en découvrant que l'iman avait écrit une lettre au prince David.

Après l'avoir lue, le prince tendit cette missive à lord Athelstan.

Une phrase y résumait toutes les difficultés :

Sachez qu'en plus de mon fils, j'exige un million de roubles et cent cinquante de mes Mourids que vous retenez prisonniers. Ne marchandez pas avec moi. Je n'accepterai rien d'autre. Si vous ne souscrivez pas à mes conditions, je suis résolu à répartir votre famille dans les différents aôuls.

Visiblement, le prince était frappé de stupeur.

Quand il prit la parole au bout d'un instant, il dit d'une voix rauque de fureur aux messagers :

– Je ne répondrai plus à votre iman. Informez-le de ma part que j'ai dit depuis longtemps un éternel adieu aux miens. Je ne puis maintenant que les confier à la miséricorde de Dieu. (Il poussa un profond soupir.) Si d'ici à samedi vous ne me rapportez pas l'acceptation solennelle de ma première offre, je jure par le créateur que ce jour-là je partirai de Hassif Yourt en emmenant avec moi Djemmal Eddin.

De plus en plus furieux, il ajouta que du jour où Shamyl mettrait à exécution sa menace d'envoyer sa femme et ses enfants dans les aôuls, il ne reconnaîtrait plus les messagers comme parlementaires et ne les recevrait jamais plus à l'avenir.

Lorsque le prince eut fini de parler, tous gardèrent le silence, trop déconcertés par la violence de sa diatribe pour lui répondre. Puis, les messagers qui avaient écouté avec des visages impassibles lui demandèrent de rédiger cet ultimatum à l'intention de l'iman.

– Je n'écrirai pas une ligne de plus, répliqua le prince sèchement. Je regrette d'avoir gâché tant de papier pour un homme qui manque constamment à sa parole.

Les Mourids commencèrent à répliquer, mais le prince leur tourna le dos avec dégoût et fit mine de quitter la pièce.

– Il y a un autre moyen, déclara le chef des messagers au bout d'un instant. L'iman serait d'accord pour laisser partir votre famille en échange de son fils et de quarante mille roubles seulement mais, dans ce cas, la princesse Varvara et son enfant devront rester auprès de lui. Sa libération fera l'objet de négociations ultérieures.

Le prince David perdit alors tout contôle sur lui-même. Il aurait été jusqu'à frapper les messagers si Djemmal Eddin et quelques-uns des autres officiers présents ne l'avaient retenu.

– Non seulement je ne vous abandonnerai pas ma belle-sœur, rugit le prince, mais je n'admettrai même pas que le plus jeune des enfants de mes domestiques reste détenu comme otage.

Dans le tumulte qui s'ensuivit, tout le monde parlait en même temps et lord Athelstan remarqua que Djemmal Eddin était devenu rouge de rage et d'humiliation devant la conduite de ses compatriotes.

Un instant, lord Athelstan crut qu'il allait les abattre à coups de pistolet, mais finalement les officiers parvinrent à calmer à la fois le prince David et Djemmal Eddin, et les messagers furent emmenés précipitamment hors de la salle.

Les Russes décidèrent d'envoyer à Shamyl un interprète arménien qui avait assisté à toutes les négociations précédentes. Diplomate extrêmement avisé, il servait dans l'armée russe.

– Je suis certain, conclut lord Athelstan quand il eut fini de raconter à Natacha Mélikov ce qui s'était passé, que Shamyl ne voudra pas perdre son fils à la dernière minute. Les liens du sang sont sacrés chez les Caucasiens et Shamyl trouvera certainement un moyen d'accepter l'offre du prince, ce qui sauvera la face.

– Cette situation est intolérable! s'exclama la jeune fille, furieuse.

– On crie toujours très fort dans ce genre d'affaire,

mais on ne va pas plus loin, dit lord Athelstan pour la calmer. Je suis certain qu'en fin de compte la princesse Anna sera rendue et, avec elle, la maisonnée entière du prince.

– Sauf Dimitri, murmura la jeune fille. Je sais que Shamyl ne le laissera jamais partir. J'ai lu dans ses yeux qu'il avait l'intention d'élever Dimitri en Caucasien, comme le tsar a fait de Djemmal Eddin un Russe.

Jamais encore lord Athelstan n'avait entendu dans sa voix pareille intonation de souffrance. Il se demandait comment la réconforter, quand elle dit sur un ton entièrement différent :

– Voulez-vous me donner de l'argent?

– Certes, répondit-il en sursautant. Quelle négligence de ma part! J'aurais dû y penser avant mais en voyant la façon dont vous étiez habillée...

Tout en parlant, il regardait l'étoffe luxueuse de sa tunique de prince et la soie délicate du turban rose dont elle était coiffée.

Un léger sourire aux lèvres, Natacha Mélikov expliqua :

– Les nobles montagnards pillent les caravanes des marchands quand ils franchissent les défilés. Ils font main basse sur les soies et les brocarts, les belles fourrures de Tiflis et de l'Orient transportés vers le nord par les chameaux. (Elle fit un petit geste des mains avant de poursuivre :) Ils interceptent également les trains qui vont à Tiflis dans le sud avec des marchandises en provenance de Moscou et de Saint-Pétersbourg – des dentelles, des rubans, des étoffes, des montres en or et de la porcelaine de France.

– Je suis surpris que Shamyl s'abaisse à voler, remarqua lord Athelstan.

– Il ne le fait pas lui-même, répliqua la jeune fille, mais il accepte les cadeaux de ses nobles comme, dans d'autres pays, un chef lève des impôts. Il veille aussi à recevoir sa part du butin de guerre. (Elle baissa les yeux sur sa tunique de brocart.) Ceci, de même que le reste de mes vêtements sort d'une espèce de caverne d'Aladin dans le grand Aôul.

– J'imagine qu'à l'origine cela vient de la Perse, commenta lord Athelstan.

– Ou même des Indes. L'iman a tant emmagasiné de plats d'or, fourreaux de sabre ornés de pierreries, coupes à boire en corail et en ambre, que je me suis dit qu'il se constituait une réserve pour l'avenir. (Elle soupira.) Qu'il vendra afin d'acheter des fusils, des pistolets et des épées. Un Caucasien ne peut pas vivre sans tuer!

Une vive amertume perçait dans sa voix. Puis elle sourit.

– J'ai été autorisée à prendre ce qui était nécessaire mais, bien entendu, pas un *kindjal* dont j'ai besoin maintenant ou même un poignard plus effilé. (Lord Athelstan la regarda d'un air interrogateur et, avec cette expression de défi qu'il connaissait si bien, elle ajouta :) Vous devriez être content de me donner de l'argent qui servira à acheter une arme pour me suicider!

Lord Athelstan, qui avait tiré un portefeuille bien garni d'une poche intérieure de son habit, suspendit son geste.

– Pourquoi parler de ces choses abominables?

– Qu'ont-elles d'abominable? Vous auriez aimé me voir morte, je l'ai lu dans vos yeux.

– Mais non, protesta-t-il. Ce que j'aurais voulu c'est ne pas avoir partie liée avec vous et Shamyl dans ce marché déplaisant que vous avez conclu avec lui.

– Il fallait bien vous prendre comme complice, répliqua la jeune fille d'un ton badin. Il n'y avait personne d'autre de disponible.

Lord Athelstan pinça les lèvres.

– Prenez la somme dont vous avez besoin, dit-il froidement. J'imagine que ce qu'il y a là vous suffira.

La jeune comtesse était sur le point de lui répondre quand la porte s'ouvrit et un domestique annonça :

– Son Excellence la baronne Walchian vient vous voir, M'lord.

Lord Athelstan se retourna et vit pénétrer dans la pièce une ravissante et séduisante personne.

Epouse de l'ambassadeur d'Autriche, la baronne Walchian avait conquis Paris par son charme et sa beauté et, pendant un court laps de temps, lord Athelstan avait été amoureux d'elle.

Elle tendait à présent ses deux mains vers lui en traversant la pièce d'un pas aérien.

– Darcy! s'exclama-t-elle. Comme c'est merveilleux! C'est incroyable de vous trouver ici!

– Je n'avais pas la moindre idée, Kyrille, que vous étiez attendue à Tiflis, répliqua-t-il.

– Nous sommes arrivés tard hier soir et quand j'ai appris que vous séjourniez au palais, j'ai été au comble de la joie... vraiment!

Elle levait les yeux vers lui et lord Athelstan songea qu'elle n'avait pas changé. Sa chevelure rousse, caractéristique des beautés viennoises, étincelait comme du feu dans la clarté provenant de la lumière du jour. Ses yeux avaient une couleur verte mystérieuse et son petit visage en forme de cœur était inoubliable pour tout homme qui l'avait aperçu une fois.

Lord Athelstan baisa les deux mains de la baronne. Puis, comme s'il se rappelait subitement la présence de Natacha Mélikov, il dit :

– Puis-je me permettre de présenter à Votre Excellence le prince Akbar de Sharpoura, qui voyage avec moi jusqu'en Angleterre?

– On m'a raconté en effet que vous aviez un invité.

(La baronne sourit et tendit la main à la jeune fille :) Je suis enchantée de faire la connaissance de Votre Altesse.

Natacha Mélikov ne fit aucun effort pour atteindre la main tendue; levant les siennes, elle les pressa l'une contre l'autre dans le traditionnel salut indien.

– J'ai toujours désiré visiter votre magnifique pays, déclara la baronne. (Elle s'avança vers Natacha Mélikov pour s'asseoir sur le canapé que venait de libérer lord Athelstan et ajouta :) Il faut que vous me donniez tous les détails sur cette région.

Elle gratifia le « prince » d'un regard qui aurait plongé n'importe quel jeune homme dans le ravissement.

– Racontez-moi pourquoi vous êtes ici, intervint vivement lord Athelstan pour détourner l'attention de la baronne.

– Franz se rend à Téhéran. Pour y faire un séjour... pas en service commandé... et de là nous retournerons à Rome. (Elle examina lord Athelstan.) Mon ami, vous êtes aussi beau que dans mon souvenir.

– Et vous, si c'est possible, vous êtes encore plus belle, répliqua lord Athelstan.

Tout en parlant, il eut conscience de l'étincelle d'amusement dans les yeux de Natacha Mélikov qui alluma en lui une flambée de colère.

Il se demanda avec irritation pourquoi elle ne quittait pas la pièce. Elle devait bien sentir que sa présence était importune.

– J'ai essayé de vous voir ce matin, déclara la baronne, car je désire ne pas perdre une minute où nous pourrions être ensemble, mais j'ai appris que vous étiez parti avec le prince David pour rencontrer les terribles Tartares.

– C'est exact, confirma lord Athelstan.

– Parlez-moi d'eux. Sont-ils aussi follement séduisants, aussi passionnés et aussi beaux qu'ils en ont la réputation? (Lord Athelstan ne répondit pas et, avec un rire léger, la baronne continua :) Tout le monde a le cœur navré pour les princesses cloîtrées avec ces Adonis! Mais on me dit que c'est le rêve de toutes les femmes en Géorgie d'être enlevée par un guerrier tartare, jetée sur sa selle et emportée dans les montagnes.

Lord Athelstan savait, sans même avoir à la regarder, que Natacha Mélikov était heurtée par les paroles de la baronne, mais il ne pouvait pas empêcher celle-ci de poursuivre son bavardage enjoué.

– Je suis sûre que notre compassion pour la princesse Anna est sans objet. Nul doute qu'elle a maintenant trouvé ample compensation à sa captivité dans les bras de Shamyl en personne et quant aux autres...

– Ce n'est pas vrai! Ce sont des calomnies!

La voix de Natacha Mélikov résonna dans le salon et la baronne se retourna pour la dévisager avec stupeur. Indéniablement elle était dans une colère folle et ses yeux noirs brûlaient d'une haine violente.

La formation diplomatique de lord Athelstan le fit réagir aussitôt pour pallier à cet incident fâcheux, qui risquait d'être très révélateur pour la baronne.

Il lança à la jeune fille un coup d'œil de mise en garde et déclara :

– Il faut pardonner à Son Altesse de parler avec tant de fougue, Kyrille, mais le prince m'a accompagné à Dargo-Vedin et il a été profondément affecté par les conditions dans lesquelles vivent les princesses.

Il se rendit compte, pendant qu'il parlait d'une voix calme et posée, que la jeune fille avait recouvré son sang-froid, mais il savait qu'elle avait été bien près de se trahir.

– Je vous assure, continua-t-il, que les princesses

sont devenues l'ombre d'elles-mêmes tant elles sont maigres. Leurs vêtements tombent en loques et le froid auquel elles ont été exposées pendant ce long hiver a dû être presque insupportable.

– Ne m'en dites pas davantage, supplia la baronne. Vous savez que je ne peux pas supporter d'entendre des horreurs ou d'écouter des récits de malheurs. Je ne faisais que répéter les potins du palais et vous pouvez être assuré que je suis au courant de tout depuis mon arrivée.

Natacha Mélikov se leva.

– Si vous voulez bien m'excuser, Mylord, j'ai quelques achats à faire et un domestique attend mes instructions.

Une fois de plus, la baronne dédia son sourire le plus ensorcelant à la jeune personne qu'elle prenait pour un prince.

– Nous nous reverrons ce soir, Votre Altesse, dit-elle, et je m'en réjouis à l'avance.

– Votre Excellence est la grâce même, répliqua la jeune fille.

Elle s'inclina devant la baronne et lord Athelstan, puis sortit du salon.

– Et maintenant, Darcy, nous voilà seuls! dit la baronne d'un ton engageant.

C'était tendre la perche à lord Athelstan pour qu'il reprenne leurs relations au point où elles avaient été interrompues.

Cependant, tout en portant la main de la baronne à ses lèvres, il avait l'intuition gênante que Natacha Mélikov se trouvait juste de l'autre côté de la porte. Il se pouvait même qu'elle soit à l'écoute.

Mais dans le cas contraire il la savait dans le voisinage et amusée probablement de voir l'emprise exercée sur lui par la baronne.

– Vous êtes bien froid et cérémonieux, dit cette

dernière. Exactement comme vous l'étiez avant que je ne parvienne à vous faire sortir de cette réserve glaciale dont tout le monde croyait qu'elle vous avait gelé le cœur.

Les lèvres de la baronne étaient très proches de celles de lord Athelstan et elle demanda tendrement :

– Essaierons-nous, mon cher, de voir si je peux vous séduire une fois encore? Avez-vous vraiment oublié ces nuits de Paris?

– Je ne les ai jamais oubliées! répondit lord Athelstan à voix basse, avec l'espoir que ses paroles ne seraient pas entendues par d'autres oreilles.

– Combien de temps restez-vous ici! questionna la baronne.

– Je pars demain.

Il avait déjà pensé à la sagesse de cette solution, mais à présent il était certain qu'il devait absolument partir le lendemain aussi tôt que possible.

– Alors nous avons bien peu de temps, reprit la baronne. Je me reposerai cependant entre 6 et 7 heures... je... serai seule.

Point n'était besoin d'en dire davantage et les lèvres de la baronne semblèrent rejoindre celles de lord Athelstan sans qu'il eût fait pour cela le moindre mouvement.

Au contact de la baronne, il comprit qu'il n'y avait plus rien entre eux.

Naguère elle l'enflammait comme peu de femmes en avaient été capables. Il trouvait autrefois ses coquetteries troublantes et provocante l'invite de ses yeux, irrésistible la moue de ses lèvres; mais soudain la magie s'était dissipée.

Elle appartenait à son passé et ne l'intéressait plus.

Avec un petit soupir, la baronne se leva.

– Je dois vous quitter, Darcy, dit-elle. Il y a plusieurs personnes au palais à qui j'ai promis de rendre visite, mais je vous attendrai à 6 heures. Je suis dans l'appartement de l'impératrice; n'importe quel domestique vous l'indiquera.

Lord Athelstan s'était mis debout automatiquement et portait les doigts de la baronne à ses lèvres d'une manière qui parut lui plaire.

Tout en lui baisant la main, il sentit qu'elle avait perdu tout charme pour lui et qu'il ne ferait aucun effort pour trouver l'appartement de l'impératrice à 6 heures.

– A 6 heures, cher Darcy, dit la baronne. Je sais que même dans le peu de temps dont nous disposons, nous retrouverons l'enchantement et l'émerveillement qui nous ont rendus si heureux ensemble à Paris. (Elle rit doucement.) Je sais que sous cet aspect sec, se dissimule un amant passionné!

Elle lui effleura la joue d'une main légère puis, sa crinoline oscillant comme une fleur au vent, elle traversa la pièce et sortit avant qu'il ait eu le temps de parvenir à la porte pour la lui ouvrir.

Il la regarda partir en songeant avec quelle facilité s'éteignent les ardeurs de la veille au point de n'en laisser pas même subsister les cendres.

Il entendit alors s'ouvrir la porte qui était de l'autre côté du salon et Natacha Mélikov fit son apparition.

Il comprit en la regardant qu'elle était hors d'elle.

– Comment ose-t-elle? s'écria la jeune fille d'une voix vibrante d'émotion. Comment cette femme – cette amie à vous – ose-t-elle diffamer la princesse Anna et nous toutes? (Lord Athelstan ne répondant pas, elle reprit :) Elle juge visiblement les autres en se basant sur elle-même! Ses nuits parisiennes sont difficilement comparables aux nuits pendant lesquelles nous grelottions dans un froid glacial sans rien de plus pour nous protéger qu'une couverture râpée et nos haillons! (Elle fit une pause, puis continua, agressive :) Pourquoi ne lui avez-vous pas dit que nous n'avions presque rien à manger? Que nous étions persécutées par la première épouse de l'iman? Et que même les domestiques nous traitaient avec malveillance?

Elle s'interrompit comme dans l'attente d'une réponse et lord Athelstan répliqua :

– Je suis navré qu'elle ait parlé de cette façon, mais vous n'êtes pas naïve au point de ne pas comprendre que les femmes habituées au cadre qui nous entoure ont des notions romantiques sur les Tartares.

– Romantiques!

– Des légendes se sont formées au fil des années, essaya d'expliquer lord Athelstan. C'est inévitable avec des hommes aussi beaux et virils.

– Mais vous auriez tout de même pu dire à cette dame que ce qu'elle répétait était faux, insista Natacha Mélikov d'un ton accusateur.

– Comment savez-vous que je ne l'ai pas fait? riposta lord Athelstan.

– J'ai entendu ce que vous disiez, répliqua la jeune fille. Cela m'a amusée d'apprendre qu'après tout vous n'êtes pas totalement insensible.

– J'ai toujours considéré comme très mal élevé d'écouter aux portes, déclara lord Athelstan d'un ton cinglant.

– Et à coup sûr peu féminin! persifla la jeune fille.

Elle n'éprouvait manifestement aucun repentir de son inexcusable conduite.

Au bout d'un instant, il reprit :

– Permettez-moi de suggérer que jusqu'à ce que nous quittions le palais vous vous montriez plus circonspecte. Si vous vous trahissez, ce n'est pas seulement moi qui en souffrirai, mais aussi votre frère.

La jeune comtesse se dirigea vers la fenêtre où elle resta debout à regarder dans le jardin en contrebas.

– Je me rends compte que j'ai été imprudente, dit-elle, mais elle m'a mise hors de moi. Comment cette femme, qui a toujours été vêtue de soie et de satin, toujours été protégée du froid, ose-t-elle parler comme si nous étions parties en expédition galante avec ces barbares?

– Vous avez souffert – je ne le conteste pas, répliqua lord Athelstan, mais vous feriez mieux de réprimer votre colère jusqu'à ce que nous ayons quitté le territoire russe.

– Ce que vous voulez dire en réalité, c'est que je garde mes récits pour le harem, lui lança la jeune fille. Ainsi vous pensez que les grosses concubines auront envie de m'écouter? Ou bien suggérez-vous que je régale le sultan en personne du détail de nos souffrances?

– Je ne suggère rien, répliqua-t-il avec rage. Je ne veux penser ni à vous ni à votre avenir. La seule chose qui m'importe c'est le présent.

– Et vous-même! s'exclama-t-elle d'un ton de mépris.

– Vous l'avez dit... moi-même! rétorqua lord Athelstan.

Il tourna les talons et entra dans sa chambre, laissant la jeune fille seule dans le salon.

Il avait décidé de ne pas aller chez la baronne à l'heure dite, mais, quand 6 heures sonnèrent, sa femme de chambre se présenta de sa part à l'appartement pour le chercher.

– Son Excellence le baron Walchian demande à Votre Seigneurie de lui faire l'honneur de votre compagnie, annonça la femme de chambre.

Elle avait parlé en français et était visiblement une Parisienne à qui incombait le soin de faire de la baronne la femme de diplomate la mieux habillée d'Europe.

– Son Excellence le baron? répéta-t-il avec surprise.

– *Monsieur le Baron* désire vous voir, M'lord.

Dans ces conditions, il était impossible à lord Athelstan de refuser et il se leva pour suivre la femme de chambre française au moment précis où la comtesse Mélikov entra dans la pièce.

Elle ne fit aucun commentaire mais haussa les sourcils à la vue de la Française, et il devina ce qu'elle pensait.

« Cela ne la regarde pas! » se dit lord Athelstan en parcourant les vastes couloirs merveilleusement décorés.

En même temps, le fait de savoir qu'elle le critiquait lui donna l'impression que sa décision d'aller voir Kyrille pouvait bien être précipitée.

Il l'avait trouvée très amusante et sans nul doute l'une des plus séduisantes parmi les nombreuses femmes dont il était entiché.

Lord Athelstan avait pratiquement toutes les femmes à ses pieds, mais bien peu parmi celles qui offraient si généreusement leurs faveurs l'avaient véritablement touché.

En réalité son cœur s'était rarement engagé dans ses aventures amoureuses.

Il éprouvait du désir pour une femme, il la jugeait fascinante et il était souvent attiré au point de souhaiter la voir sans discontinuer.

Mais, tout bien considéré il n'était pas vraiment épris.

Kyrille était l'une des rares femmes qui l'avaient séduit durablement. D'ordinaire la flamme de son désir s'éteignait rapidement.

Ensuite lord Athelstan redevenait plus réservé et distant que jamais, ce qui redoublait l'ardeur des femmes qui se donnaient de plus en plus de mal pour le prendre dans leurs filets.

Le charme de Kyrille en faisait l'une des beautés les plus en vue de Paris.

Il semblait presque incroyable de voir réunies au même endroit tant de femmes éblouissantes d'élégance et de séduction et pourtant, aux yeux de lord Athelstan, Kyrille les éclipsait toutes.

Non seulement elle était extrêmement féminine, ce qui lui plaisait, et plus passionnée qu'aucune autre femme de sa connaissance, mais encore elle était intelligente et bien informée sur de nombreux sujets auxquels il s'intéressait.

Elle avait également une tournure d'esprit malicieuse, parfois méchante mais qui l'amusait toujours.

Même dans les bras l'un de l'autre ils se retrouvaient riant sous cape. Par ailleurs, Kyrille s'arrangeait toujours pour que son amant se croie supérieur aux autres et inégalable.

Les hommes adorent qu'on les flatte et lord Athelstan ne faisait pas exception à la règle, mais Kyrille s'y prenait avec tant de subtilité, qu'il acceptait tout ce qu'elle lui disait et la bonne opinion qu'il avait de lui-même s'en trouvait par conséquent renforcée.

A présent, en approchant de l'appartement de Kyrille, il se demanda si l'intuition qu'il avait eue quand elle avait effleuré ses lèvres tout à l'heure était juste et si leur attraction réciproque avait réellement cessé.

Pour ce qui était d'elle, il n'en était pas sûr.

Il avait l'impression que, comme par le passé, elle était attirée par lui au point d'être prête à abandonner toute prudence et à braver le scandale qui pourrait résulter d'une liaison entre eux.

Le baron était beaucoup plus âgé que son épouse et lord Athelstan se doutait qu'il avait renoncé depuis longtemps à se soucier de sa conduite privée du moment qu'elle se montrait prudente en public.

A Paris, lord Athelstan avait bien souvent pris des précautions pour sauvegarder la réputation de la baronne.

Connaissant la persévérance de Kyrille pour satisfaire ses désirs, lord Athelstan s'attendait, en arrivant à l'appartement de l'impératrice, à y voir la baronne seule.

A sa surprise, Son Excellence l'ambassadeur d'Autriche était debout à côté de sa femme, resplendissant de décorations.

– Athelstan, mon cher, quel plaisir de vous voir! s'exclama-t-il dans son excellent anglais quand le visiteur fut introduit.

– Je ne savais pas que vous deviez venir en Géorgie, répondit lord Athelstan.

– Comme Kyrille vous l'a dit, je pense, nous sommes en route pour séjourner auprès du shah.

– J'étais chez lui il y a quinze jours, répliqua lord Athelstan.

Il savait que tout cela n'était que bavardage mondain, sans intérêt particulier. Puis le baron jeta un coup d'œil à la pendule et déclara :

– Il faut que vous m'excusiez, Athelstan, mais j'ai un rendez-vous important avec le vice-roi qui, je le crains, durera jusqu'à l'heure du dîner. C'est pourquoi je voulais vous parler maintenant, car j'apprends que vous partez demain matin.

– Oui, il faut que je rentre chez moi.

– Je vous comprends! Je me demandais seulement ce que vous comptiez dire à votre souveraine en ce qui concerne l'iman.

Souriant intérieurement, lord Athelstan comprit le motif pour lequel le baron avait désiré le rencontrer.

L'ambassadeur cherchait à savoir, sans doute à

l'instigation des Russes, si l'Angleterre était disposée à apporter son concours, même aussi tardivement, à Shamyl – et quel avis lord Athelstan avait l'intention de donner au ministère britannique des Affaires étrangères.

Au lieu de biaiser et d'éluder la réponse, lord Athelstan décida d'être franc.

– Je crois, dit-il lentement, qu'il ne s'agit plus que d'une question de temps, peut-être deux ou trois ans, avant que Shamyl soit obligé de s'avouer vaincu.

Une lueur soudaine dans les yeux du baron confirma au diplomate anglais qu'il lui avait donné l'information souhaitée.

Transmettre ce renseignement directement de la bouche de lord Athelstan à l'oreille du vice-roi et, par cet intermédiaire, au maréchal-prince Bariatinsky serait pour lui un titre de gloire.

En somme, songea lord Athelstan ironiquement, il dédommageait le baron pour les moments passés avec son épouse à Paris.

Une fois de plus, le baron regarda la pendule.

– Il faut que vous m'excusiez, mon cher, dit-il, mais je n'aime pas faire attendre notre hôte. Vous savez comme il est pointilleux à ce sujet.

– Certes, acquiesça lord Athelstan.

– Je vous verrai au dîner, dit le baron en souriant. (Il se tourna vers sa femme.) Persuadez Sa Seigneurie de venir faire un séjour chez nous à Rome. Je crois qu'il y prendrait plaisir.

– J'en suis certaine, répliqua la baronne qui jeta un coup d'œil à lord Athelstan sous ses cils baissés.

Son mari lui baisa la main et sortit de la pièce.

Il avait vieilli depuis la dernière fois que lord Athelstan l'avait vu, mais il était encore bel homme.

La porte se ferma derrière lui et Kyrille tendit les bras.

– Vous voyez, mon cher, je ne vous ai pas trompé en disant que mon mari désirait vous voir.

Elle avait l'air si malicieuse que lord Athelstan ne put s'empêcher de rire.

– Qu'est-ce qui vous a donné l'idée que je doutais de la véracité de ce message? demanda-t-il.

– J'ai eu l'impression – et vous savez très bien, Darcy, que je peux toujours, toujours, me fier à mes impressions – que vous n'aviez pas l'intention de venir me voir cet après-midi. Peut-être votre jeune prince vous en détournait-il. Peut-être avez-vous d'autres amours plus intéressantes que moi.

Un léger accent de désenchantement dans sa voix émut lord Athelstan.

Se pouvait-il que Kyrille commençât à douter de son pouvoir de séduction? Cela semblait impossible, mais les femmes ont parfois des réactions imprévisibles. Il se pencha vers Kyrille. Alors elle se souleva subitement et passa son bras sous le sien.

– Venez, j'ai quelque chose à vous montrer.

Ils traversèrent la pièce et lord Athelstan perçut émanant d'elle la même senteur exotique qui l'avait hanté quand il était son amant à Paris.

Ce parfum avait quelque chose d'inoubliable. Il subsistait autour de lui longtemps après qu'il eut quitté la jeune femme.

Elle ouvrit la porte d'une pièce, l'entraîna à l'intérieur et seulement alors il se rendit compte qu'il s'agissait de sa chambre.

Il se trouvait devant un magnifique lit à baldaquin surmonté de la couronne des Voronzov que soutenaient des amours dorés.

Il entendit la clef tourner dans la serrure, puis Kyrille fut dans ses bras.

– Oh, Darcy, Darcy! s'écria-t-elle. Vous m'avez tant manqué! Vous m'avez manqué plus que je ne saurais dire. Aimez-moi comme avant! Aimez-moi et faites-moi croire que nous sommes de nouveau unis.

Les bras de lord Athelstan l'entourèrent machinalement et elle leva vers le sien son visage en forme de cœur. Ses yeux le suppliaient et il comprit qu'il ne pouvait pas se dérober.

Trop de souvenirs ressuscitaient; trop de choses qu'ils avaient partagées rôdaient autour d'eux comme des fantômes.

C'était une illusion, pour l'un comme pour l'autre, d'imaginer que leurs relations puissent redevenir ce qu'elles avaient été naguère. Mais pour le moment ils agiraient comme s'ils y croyaient.

La bouche de lord Athelstan se posa sur celle de Kyrille et il la souleva dans ses bras.

Plus d'une heure s'était écoulée quand lord Athelstan revint dans son appartement.

Il fut content de trouver le salon vide. Il sonna et commanda une bouteille de champagne. Puis il s'installa dans un fauteuil et en avala plusieurs coupes, ce qui était inhabituel car il buvait rarement seul.

Ce faisant, il eut conscience de sentir encore le parfum de Kyrille; il flottait comme un narcotique.

Il pensait l'avoir rendue heureuse mais, en ce qui le concernait, il savait que les amours mortes ne ressuscitent pas.

Il avait souvent pensé à Kyrille pendant son séjour aux Indes, même lorsqu'il se trouvait en compagnie d'autres femmes, jugeant qu'elles étaient loin de la valoir sur le plan de la beauté, de l'ardeur ou du charme.

Elle avait toujours été le modèle d'après lequel il jugeait toutes les femmes entrées dans sa vie – et maintenant il se rendait compte qu'il n'y avait plus personne.

« J'ai trente-cinq ans, se dit-il. Il est temps que je fasse une fin et que j'aie un héritier. »

Il songea aux grandes propriétés qu'il possédait en Angleterre : il avait projeté depuis toujours de quitter un jour la carrière diplomatique pour s'en occuper et assumer le rôle qui lui revenait aussi bien dans le comté qu'à la Chambre des lords.

Toutefois vivre seul à Athelstan Park était hors de question. La demeure était trop grande, trop imposante et par ailleurs, il lui fallait quelqu'un pour l'aider à recevoir.

Tout en y réfléchissant, il se dit qu'il souhaitait beaucoup plus que cela.

Il souhaitait une femme qu'il aime, qui ferait partie de lui-même, une femme dont il serait fier pour être la mère de ses enfants.

« J'ai presque trop attendu », pensa-t-il.

Il se rendait compte qu'à son âge il ne pouvait songer à épouser une gamine sortant de l'école.

Comment pourrait-il supporter une « débutante », une oie blanche incapable de prononcer trois mots à la file, avec qui il ne pourrait avoir aucune conversation intelligente, qui glousserait sans doute bêtement de ce qu'elle ne comprendrait pas?

Les femmes plus âgées qu'il fréquentait étaient toutes mariées. Celles avec qui il flirtait et faisait l'amour, comme Kyrille, avaient des maris qui – complaisants ou jaloux – étaient des obstacles insurmontables au mariage.

Cela semblait presque incroyable qu'il ne trouve personne dont il puisse envisager un instant de faire son épouse, pourtant il en était là.

Toutes les familles de la haute société étaient heureuses de le recevoir et lui envoyaient des invitations à des réunions de chasse, réceptions, bals, soirées.

Mais il était incapable de discerner une seule femme

libre qu'il juge digne de remplacer sa mère et de tenir son rang dans ses diverses demeures.

– Pourtant ce serait ridicule de mourir célibataire! dit-il à haute voix.

Il prit la ferme décision de faire un effort, quand il retournerait en Angleterre, pour remédier à cette situation.

Les grandes dames de Londres chez qui il était reçu ne seraient que trop contentes de lui offrir leurs conseils.

Si elles ne pouvaient rien pour lui, il restait toujours la reine qui, follement heureuse avec le prince consort, souhaitait que tout le monde connaisse la même félicité conjugale.

Mais la reine s'était mariée à vingt et un ans.

« Comment diable pourrais-je m'entendre avec une jeune fille de cet âge? » se demanda lord Athelstan.

Bouleversé à cette idée, il comprit qu'une pointe d'idéalisme en lui rejetait la pensée d'épouser une jeune fille de l'aristocratie pour ne lui accorder que le rôle de reproductrice.

Bien des hommes de sa connaissance ne traitaient pas leurs femmes autrement. Elles restaient seules à la campagne où elles donnaient le jour à des enfants tandis que leurs maris s'amusaient à Londres. Ils entretenaient une maîtresse dans une des élégantes petites maisons de Regent's Park et fréquentaient les lieux de plaisir nocturnes dont le nombre augmentait chaque année et qui étaient en passe de faire rivaliser Londres avec la joyeuse vie parisienne.

« Il faut que je m'occupe de la question... et sans tarder », songea lord Athelstan.

Cette idée le déprima autant que le fait d'avoir été déçu par Kyrille; il espérait toutefois qu'elle ne s'en était pas aperçue.

Il fut un temps où il croyait que l'attraction qu'ils

éprouvaient l'un pour l'autre était plus que du désir physique; qu'elle participait de cette extase indéfinissable à demi-spirituelle que tous les humains, pensait-il, recherchaient mais trouvaient rarement.

Il constatait à présent que leur union, ce soir, avait été uniquement physique et, parce qu'il connaissait si bien Kyrille, il avait la quasi certitude qu'elle avait senti comme lui que l'enchantement avait disparu.

« Quel est mon but dans la vie? Qu'est-ce que j'attends des femmes? » se demanda-t-il.

Il quitta son fauteuil et alla à la fenêtre.

Dehors, le soleil se couchait dans un flamboiement splendide qui donnait au paysage fertile de la vallée un air de beauté paradisiaque.

Lord Athelstan regarda le ciel.

Déjà les premiers voiles noirs et diaphanes de la nuit qui tombait enveloppaient les montagnes dans le lointain.

Et à ce moment il aperçut juste au-dessus de lui les grandes ailes étendues d'un aigle. Le roi des oiseaux semblait planer dans la clarté du couchant. Tel un symbole, il incarnait un être libre échappant à toute contrainte; un être tout-puissant bien au-dessus du monde et de ses difficultés.

« Voilà ce que je veux, se dit lord Athelstan. Voilà ce que je cherche – planer comme un aigle! »

Puis, comme s'il entendait quelqu'un parler, il se posa la question :

« Seul? »

Il se détourna de la fenêtre.

« A quoi bon, se demanda-t-il presque rageusement, chercher l'impossible? »

5

Quand lord Athelstan quitta le salon, Natacha Mélikov fit demi-tour et rentra dans sa chambre.

Elle ne savait pas pourquoi, mais l'idée de relations amoureuses entre lui et la baronne l'irritait.

Elle avait conçu une profonde aversion pour la belle Autrichienne à cause de ses insinuations concernant la princesse Anna et les autres prisonnières.

« Comment ose-t-elle penser que nous sommes ravies d'être les captives de Shamyl! songea-t-elle avec rage. Comment peut-elle insinuer qu'une femme convenable souhaite les étreintes d'un Tartare barbare? »

En même temps, elle était assez intelligente pour admettre que certaines femmes étaient prêtes à trouver sensationnel d'être kidnappées par les montagnards à la beauté physique indéniable.

« On pourrait le dire aussi de lord Athelstan », fut la réflexion qui lui vint à l'esprit.

Elle avait été tellement en colère contre lui lorsqu'il avait refusé, au grand Aôul, de l'emmener à Constantinople, qu'elle ne s'était pas attardée à l'examiner.

Elle avait seulement vu en lui quelqu'un qui mettait délibérément des obstacles à la réalisation de son plan pour empêcher que son frère ne soit élevé en Caucasien.

Elle l'avait détesté avec une inimaginable violence.

Quand il avait découvert qu'elle avait réussi à l'accompagner malgré lui et qu'il s'était emporté contre elle, elle avait été enchantée de l'avoir fait sortir de ses gonds et exaspéré au point de pouvoir à peine maîtriser sa fureur.

Toutefois, depuis qu'ils étaient arrivés au palais, elle

avait entendu dire sur lord Athelstan beaucoup de choses qui la surprenaient.

Ne connaissant rien de lui, elle l'avait pris simplement pour un Anglais stupide, un aristocrate qui travaillait dans les services diplomatiques en dilettante et avait obtenu son poste uniquement à la faveur de son rang et de son éducation.

Mais le respect dans la voix de ceux qui s'entretenaient avec lord Athelstan ou à son sujet, ne pouvait être attribué seulement au désir des Russes d'avoir de bonnes relations avec la Grande-Bretagne.

Les autres invités habitant le palais, et le vice-roi lui-même, parlaient de lord Athelstan en des termes si chaleureux et faisaient son éloge avec tant de sincérité que, malgré elle, Natacha en fut impressionnée.

Elle apprit qu'il avait voyagé dans le monde entier pour le compte de l'Angleterre et que son tact et son intelligence avaient réglé des différends entre nations dont l'issue, de l'avis formel de tous, n'aurait pu être que la guerre.

On lui rapporta que même les gouvernants les plus obstinés et les plus rétifs devenaient raisonnables devant lord Athelstan. Et, sans aucun doute, les Russes s'estimaient honorés par sa présence.

Elle se surprit à le considérer avec des yeux différents et se rendit compte alors de sa beauté.

Peut-être le plus bel homme qu'elle eût jamais vu!

« Même à Saint-Pétersbourg, songea-t-elle, où les Russes, dans leurs uniformes splendides, faisaient battre plus vite les cœurs de toutes les femmes, personne ne le surpasserait. »

Elle découvrit aussi qu'il était plus jeune qu'elle ne l'avait d'abord supposé.

Dans sa colère et sa rancune, elle l'avait cru d'un certain âge, trop vieux pour prendre des risques ou aimer l'aventure.

En fait, rien ne pouvait être plus éloigné de la vérité et, finalement, elle dut admettre que l'intelligence de lord Athelstan devait être remarquable pour que le vice-roi soit si heureux de le voir.

Natacha ne pouvait pas séjourner en Géorgie sans s'apercevoir que le prince Voronzov, ou « le maudit » comme l'appelaient les Mourids, était un héros vénéré jusqu'à l'adoration.

Tout en lui était à la mesure gigantesque de son palais, et des générations de nobles ancêtres semblaient s'être incarnées dans cet homme astucieux, implacable, courageux, fidèle à des principes élevés.

Même avec ceux qui le connaissaient bien, le prince était un personnage énigmatique, hautain et réservé. Cependant Natacha le vit s'humaniser quand il parlait à lord Athelstan.

Les deux hommes avaient certainement beaucoup en commun.

Tout d'abord, le prince avait été élevé en Angleterre. Son père s'était exilé volontairement de Russie, car il n'aimait pas le tsar, Paul Ier, et il avait passé ces années d'exil à Londres; son fils faisait donc partie des jeunes dandies insouciants et libertins qui gravitaient autour du prince régent, plus tard George IV.

Quand il retourna dans son pays, il servit le tsar dans l'armée, puis fut nommé gouverneur de la nouvelle Russie et de la Bessarabie.

Là, il fit montre de ses brillantes capacités d'administrateur en créant une colonie dans une région désertique.

A Odessa, il introduisit le commerce, construisit des ports, des hôpitaux, des collèges, traça des rues et, finalement, avec le concours d'un architecte anglais, il installa à Aloupkha, sur les côtes de la Crimée, un des palais les plus fabuleux, inattendus, stupéfiants que le monde ait jamais vus.

La demeure du prince dressait au-dessus des flots de la mer Noire une silhouette fantastique qui était la preuve que, sous ses dehors froids, il possédait quelque chose d'irrésistiblement romantique – peut-être une nostalgie pour l'inaccessible que seule pouvait comprendre une personnalité comme lord Athelstan.

Dans sa chambre, Natacha Mélikov allait et venait nerveusement.

Elle avait beau se dire que c'était de l'impertinence de sa part, elle ne pouvait s'empêcher de penser à lord Athelstan et à ce qu'il faisait.

« Quel genre d'amant est-il? » se demanda-t-elle.

Était-il gourmé, pompeux comme, selon elle, devaient l'être tous les Anglais, ou bien cachait-il sous ses dehors glacés une ardeur que, dans sa colère, elle n'avait pas pressentie?

– Comment une femme pareille peut-elle lui plaire? s'exclama-t-elle pour se taxer aussitôt de mauvaise foi.

La baronne était belle!

Elle était d'une élégance parfaite et Natacha savait par les potins du palais qu'elle était courtisée partout où la conduisaient les missions de son mari.

– Elle est frivole et superficielle! dit Natacha à haute voix, mais la critique ne sonnait pas tout à fait juste.

Sur sa table de toilette se trouvait le poignard qu'elle venait d'acheter dans un bazar. Elle le prit et le soupesa, tâtant le fil de la lame.

C'est par cette arme qu'elle mourrait.

L'objet était beau. Façonnée avec la délicatesse habituelle des artisans du pays, la poignée était sertie de corail et de turquoises qui, en Orient, sont toujours considérés comme porte-bonheur.

Peut-être le poignard lui procurerait-il une mort rapide et sans douleur.

Elle le posa et traversa la pièce jusqu'à la fenêtre d'où elle contempla la vallée verte et luxuriante qu'elle ne reverrait plus jamais.

Dans très peu de temps, elle serait enfermée entre les murs du harem et peut-être l'unique vue qu'elle aurait à travers un *moucharabieh* d'ivoire serait-elle celle du Bosphore.

Il était étrange de penser que sa vie allait finir si vite, presque avant d'avoir commencé, et pourtant elle n'avait pas le choix.

Comme semblaient lointaines, à ce moment, sa maison près de Varsovie et les splendeurs de Saint-Pétersbourg.

Elle avait été élevée en Pologne parce que son père et sa mère y vivaient sur un petit domaine qui leur avait été légué par un parent éloigné.

Il avait fallu qu'elle quitte ce pays pour que Natacha se rende compte à quel point il était libre et sans contrainte en comparaison de la Russie.

Les nobles vivaient sur leurs immenses domaines dans une magnificence féodale, se satisfaisant d'une existence de riches châtelains, chevauchant leurs pur-sang à travers les plaines immenses – sans se soucier du fait qu'ils étaient pour le moment sous le joug russe.

Varsovie, avec ses vieilles maisons, ses fontaines ornementales et ses rues étroites, passait pour la plus fascinante de toutes les capitales d'Europe et ceux qui l'habitaient s'estimaient européens.

Ville en vérité très cosmopolite par rapport à Saint-Pétersbourg, elle était reliée à Paris par une ligne directe de chemin de fer.

Elle contenait d'élégants magasins, des couturières à la pointe de la mode, et l'on pouvait voir dans les théâtres les toutes dernières pièces françaises et allemandes.

Ce que Natacha n'avait compris qu'après son départ de Varsovie, c'est la liberté de pensée régnant dans la maison de son père et qu'elle ne devait jamais retrouver.

Sa mère était morte quand elle avait quatorze ans et son père avait trouvé tout naturel de voir sa fille prendre la place de sa femme pour diriger la maison ou recevoir ses invités.

C'était un homme extrêmement intelligent, ses amis étaient tous des intellectuels et ils parlaient à Natacha comme à une adulte. De ce fait, elle avait reçu une éducation très ouverte et enrichissante.

Parce qu'elle apprenait vite et qu'elle aimait les études, elle était beaucoup plus cultivée que la plupart des filles ou des garçons de sa génération.

La conversation de gens remarquables avait élargi son horizon, et l'avait rendue plus mûre que la plupart des jeunes de sa génération.

La mort de son père fut un coup très dur, car elle l'aimait tendrement; de plus il lui fallut quitter son foyer.

Il fut impossible pour elle et son jeune frère d'y demeurer seuls. La tsarine qui avait appris leur situation les envoya chercher pour les amener à Saint-Pétersbourg.

Dimitri fut plus ou moins adopté par un couple charmant ayant des garçons du même âge. Il s'habitua aussitôt à cette famille et était très heureux chez ces gens qu'il considérait pratiquement comme ses parents.

Natacha devait vivre au palais d'Hiver.

La tsarine avait deux cents dames d'honneur, toutes logées au palais. Parmi elles, il y avait plusieurs nouvelles arrivées qui, comme Natacha, devaient apprendre le b-a ba de leur fonction avant d'être autorisées à porter un monogramme, une couronne en diamants sur l'épaule et une longue traîne rouge et or.

La première chose qui frappa la jeune fille dans sa nouvelle existence, c'est la chaleur excessive du palais : elle avait l'impression d'étouffer après la vie au grand air qu'elle avait menée en Pologne.

Puis elle ne tarda pas à apprendre que si l'on lisait le fond de sa pensée c'était un manquement à l'étiquette, et, en tout état de cause, une imprudence.

Elle avait, bien sûr, entendu à Varsovie son père et ses amis parler du despotisme du tsar et de son habitude de déporter en Sibérie ceux qui lui avaient déplu.

Mais elle ne l'avait pas cru, prenant cela pour une invention farfelue imaginée par des gens astucieux pour discréditer leurs conquérants.

A son arrivée à Saint-Pétersbourg, elle ne put s'empêcher de remarquer le contraste entre le luxe extravagant des palais et les êtres faméliques en haillons qu'elle apercevait dans les rues.

Son père, lui ayant appris à observer et à ne pas craindre de porter un jugement sur ce qu'elle voyait, Natacha regardait Saint-Pétersbourg non comme une jeune fille romanesque, mais en critique avertie.

Au premier abord, il était impossible de ne pas être transporté d'admiration par les palais royaux, leurs dimensions et leurs coloris – le palais d'Hiver d'un délicat blanc verdâtre, le palais Youssoupov qui mirait son reflet jaune dans le canal Fontanka et le palais Voronzov décoré aux couleurs de la famille, pourpre et blanc, bâti au bord de la Néva.

Il y en avait d'autres – bleus, lilas ou roses – et les domestiques qui leur étaient attachés portaient des livrées si colorées, si extravagantes, qu'on aurait dit des valets de comédie.

Ce luxe insensé contrastait avec les serfs vêtus de

loques que leurs maîtres pouvaient fouetter ou tuer, avec les femmes et les enfants errant au coin des rues, effrayés et tendant des mains squelettiques pour mendier leur pain.

Parmi les dames d'honneur du palais d'Hiver se trouvait une jeune fille un peu plus âgée que Natacha avec qui elle se lia d'amitié.

Elisabeth était amoureuse et, inévitablement, avait besoin d'une confidente. Natacha remplit admirablement ce rôle.

Leurs chambres étant contiguës, elles passaient une grande partie de la nuit à bavarder assises sur leurs lits.

Natacha apprit qu'Ellico Orbeliani s'était déclaré pendant un pique-nique au cours de l'été, et Elisabeth était tombée follement amoureuse de lui.

Des lettres étaient apportées de l'Ecole militaire et introduites clandestinement presque chaque jour. C'étaient de petits mots touchants, assez enfantins. Bien qu'il fût grand et beau garçon, Natacha trouvait Ellico plutôt dépourvu de maturité.

Mais pour Elisabeth il était la perfection! C'était son premier amour et elle n'avait que son nom à la bouche.

Quand elles allaient aux bals ou aux réceptions donnés tous les soirs à Saint-Pétersbourg, Elisabeth ne s'occupait que d'Ellico et, s'il n'était pas là, la soirée n'offrait plus d'intérêt pour elle.

Natacha, qui avait passé sa vie avec des hommes beaucoup plus âgés et n'avait encore aucune connaissance de l'amour ou de son effet sur les êtres, estimait Elisabeth et Ellico trop jeunes pour se marier.

La sincérité de leurs sentiments ne faisait cependant aucun doute.

Natacha fut surprise de découvrir que son amie ne savait pas grand-chose sur la façon de tenir une maison et rien de la vie en dehors de celle que l'on mène dans les palais étincelants, illuminés par mille chandelles.

Avait-elle la moindre idée, se demandait Natacha, de ce que serait son existence si elle devenait l'épouse d'un soldat, et devrait l'accompagner dans des coins reculés de Russie, peut-être pénibles à habiter, ou même dans des pays étrangers?

Elle avait du mal à se représenter Elisabeth autrement que comme une jolie jeune fille pareille à une fleur évoluant sur le parquet d'une salle de bal ou échangeant un rapide baiser dans la serre au milieu des orchidées.

Quoi qu'il en fût, les deux jeunes gens s'aimaient. Toutefois il n'était nullement question qu'Ellico fasse sa demande en mariage aux parents d'Elisabeth avant sa sortie de l'Ecole militaire.

Puis survint la catastrophe!

Le tsar alla inspecter les cadets un jour où il était de mauvaise humeur. Capable d'une dureté allant jusqu'à la cruauté, il se montrait impitoyable et sans mesure dans ses réactions quand quelque chose le contrariait.

La veille de son inspection, un certain nombre de cadets avaient participé à un joyeux dîner au cours duquel ils avaient tous bu plus que de raison.

Ce genre de distraction était habituel chez les officiers russes et Ellico, probablement à cause de sa jeunesse, n'avait pas su tenir le coup aussi bien que ses compagnons plus aguerris.

Bref, il arriva en retard à la parade, et dans une tenue loin d'être impeccable.

Le tsar fit un exemple.

Ellico fut dépouillé de son uniforme et envoyé en Sibérie.

Quand Natacha l'apprit, elle trouva la nouvelle trop

invraisemblable pour être vraie, mais par la suite elle ne s'en étonna pas de la part d'un homme qui se conduisait en despote barbare comme n'importe quel potentat oriental, mongol ou persan.

Etant donné la profonde douleur d'Elisabeth, il n'était pas possible de ne pas être horrifié et indigné par cet acte monstrueux.

Jusqu'alors la Sibérie leur était apparue comme une vague menace destinée à effrayer les criminels. Elle devenait maintenant une réalité.

Elisabeth voulant se renseigner sur le sort d'Ellico, Natacha apprit elle aussi que les déportés travaillaient dans des cavernes éclairées seulement par une lanterne.

– Leurs bottes s'usent pendant les mois de marche nécessaires pour se rendre à leur lieu de détention, dit-on aux deux jeunes filles. Quand ils arrivent en Sibérie, ils travaillent pieds nus ou s'enveloppent les pieds avec de la paille maintenue en place par des chiffons.

– Oh, Ellico, Ellico! sanglota Elisabeth.

– Ils travaillent jusqu'à ce qu'ils s'effondrent, continua leur informateur. Puis ils sont ranimés à coups de fouet par leurs gardes cosaques. (Elisabeth poussa un cri d'horreur.) On leur défend de se parler entre eux. Aucun prisonnier n'a le droit de dire à un autre pourquoi il a été déporté. Ils travaillent jusqu'à leur mort!

Après cela, Natacha se sentit incapable de regarder les objets d'art taillés dans les pierres provenant des mines de Sibérie.

Combien de souffrances avait coûté tel vase de lapis-lazuli? A combien de coups de fouet étaient dues les améthystes aux scintillants feux violets qui encerclaient un cou blanc?

Elle aurait voulu pouvoir marcher dans le palais les

yeux fermés car, chaque fois que son regard se posait sur de l'onyx et du jade, du quartz rose et de l'opaline, elle ne voyait plus leur beauté mais seulement la détresse des hommes qui les avaient extraits des carrières et dans les yeux de qui il n'y avait plus d'espoir.

C'est pour avoir appris le sort d'Ellico et tenté de réconforter une Elisabeth au cœur brisé qu'elle s'intéressa de plus près aux conditions de la vie quotidienne en Russie.

Elle apprit peu de choses parce qu'il était dangereux d'en savoir trop sur la police secrète.

On se transmettait de bouche à oreille les terribles traitements auxquels elle soumettait un peuple désemparé et malheureux.

Mais quand ils en parlaient, même les Russes les plus influents baissaient la voix et regardaient pardessus leurs épaules. Natacha ne tarda pas à être gagnée elle aussi par la peur insidieuse qui s'infiltrait comme un poison dans la société russe.

C'est une des raisons pour lesquelles elle avait accepté avec joie l'invitation de la princesse Anna Tchavtchavada, qui était sa marraine, à venir séjourner auprès d'elle en Géorgie.

Natacha avait proposé d'amener avec elle son jeune frère Dimitri car elle pensait que ce serait bon pour lui de s'éloigner quelque temps de Saint-Pétersbourg.

Elle savait que les Géorgiens étaient beaucoup plus libres et plus heureux que les habitants du nord de la Russie.

Le royaume de Géorgie avait été annexé pacifiquement à la Russie cinquante-quatre ans auparavant.

Sa population n'était pas purement russe, mais comprenait un mélange de nombreuses races. C'étaient des gens gais, vifs et souriants, assez éloignés du nord pour ne pas être sous la coupe de la police secrète ou même la menace d'une déportation en Sibérie.

La princesse Anna avait invité Natacha parce qu'elle pensait qu'elle serait une compagnie agréable pour sa nièce, Nina. Mais Natacha avait trouvé la jeune princesse dépourvue d'intérêt.

Elle paraissait ne se soucier que de sujets strictement féminins et n'avait aucune curiosité pour la politique ou les problèmes sociaux sur lesquels Natacha avait très envie d'être renseignée.

Chaque jour, elle regrettait de ne pas pouvoir discuter avec son père de ce qu'elle voyait et entendait à Saint-Pétersbourg.

Et chaque soir, elle allait se coucher en souhaitant d'avoir quelqu'un à qui elle pourrait parler franchement et qui lui expliquerait pourquoi de telles cruautés se perpétraient sans que rien ne soit fait pour y mettre un terme.

Les conversations dans le grand Aôul n'avaient eu ni intérêt ni hauteur de vue.

Il était impossible de penser à autre chose qu'à leurs souffrances physiques, au manque d'air et à la difficulté de se protéger du froid avec leurs vêtements inappropriés.

D'ailleurs poursuivre un entretien cohérent était impensable au milieu de tant de gens entassés dans une même pièce, avec les cris et les pleurs des enfants ou, pis encore, leurs jeux bruyants et, par-dessus tout, les plaintes incessantes des domestiques.

Lorsque les choses allaient mal, les domestiques se bornaient à se lamenter et, alors que la princesse Anna se montrait d'une patience inlassable avec eux, Natacha en était exaspérée au plus haut point.

Dès l'instant où elle s'était mise en route dans son audacieux déguisement sous la protection involontaire de lord Athelstan, tout avait changé.

Elle avait pu parler avec des hommes, non seulement lord Athelstan, mais aussi les officiers qui les avaient accompagnés d'abord à Vladicaucase, puis à Tiflis. Et le palais était bondé d'hommes qui lui rappelaient les amis de son père.

Elle les écoutait commenter les dernières découvertes scientifiques, parler de guerre et des nouvelles tactiques qui pouvaient être employées pour vaincre Shamyl.

Ils discutaient de la Perse et du shah, de la Crimée et des Anglais, de l'Afghanistan et des signes qui laissaient prévoir que la guerre allait éclater à la frontière des Indes.

Natacha avait l'impression de respirer de l'air frais après avoir été emprisonnée dans une cave sombre pendant des années.

Elle se sentait renaître.

Elle se joignait à la conversation, tout en essayant de prendre ce qu'elle appelait sa « voix indienne » et ceux qui l'écoutaient étaient étonnés de voir un jeune prince radjpoute si bien informé.

C'était aussi grisant que de boire du champagne et même avec cette « épée de Damoclès » incarnée par le sultan, suspendue au-dessus de sa tête, elle était plus heureuse qu'elle ne l'avait été depuis longtemps.

Qui plus est, bien qu'il fût certainement toujours furieux contre elle, elle se faisait une fête de voyager seule avec lord Athelstan jusqu'à Constantinople.

La soirée était brillante et amusante, la conversation très animée. Cinquante personnes assistaient au dîner et un orchestre jouait dans le grand salon.

Puis, comme Natacha songeait qu'il était l'heure d'aller se coucher, elle vit lord Athelstan s'entretenir en tête à tête avec la baronne.

Vêtue d'une robe qui ne pouvait venir que de Paris, cette dernière semblait solliciter une grâce. Natacha supposa qu'elle lui demandait de venir de nouveau la rejoindre, peut-être quand tout le monde serait endormi.

Une vague de fureur la submergea. Elle ne pouvait pas tolérer l'idée qu'il s'intéresse autant à cette femme qui avait tenu des propos aussi malveillants sur les otages.

Un instant plus tard, lord Athelstan baisa la main de la baronne et traversa le salon en direction de Natacha.

– Je crois qu'il est temps de nous retirer, dit-il courtoisement.

Elle ne répondit pas, certaine de connaître la raison pour laquelle il désirait quitter les autres invités du vice-roi.

Le menton haut, le regard sombre et agité, elle le précéda dans le magnifique escalier sculpté.

Ils pénétrèrent dans leur salon. Les chandelles des énormes lustres étaient éteintes, mais celles des appliques dorées brûlaient encore.

Natacha Mélikov fit face à lord Athelstan.

– Bonne nuit, Mylord, dit-elle froidement. J'espère que vous vous amuserez bien avec votre colporteuse de calomnies.

Elle le vit se raidir. Puis il répliqua d'un ton glacial :

– Cette remarque est déplacée. Aucun véritable prince radjpoute ne manquerait de tact, de sensibilité ou d'éducation au point de parler de cette façon!

– Vous pensez donc que je possède ces défauts?

– C'est malheureusement évident.

– Je suis cuirassée contre vos calomnies, Mylord, comme je le suis contre les propos stupides de la baronne. Je juge simplement déplaisant d'être associée, même de loin, avec une femme de ce genre.

– Et, apparemment, avec moi! (Natacha Mélikov eut de la main un geste d'acquiescement.) Le remède est très simple, riposta lord Athelstan d'une voix cinglante. Vous n'avez qu'à mettre fin à cette mascarade ou partir seule.

Avec un sursaut elle comprit qu'elle était tombée dans un piège. C'était sa faute. Elle s'était emportée contre lord Athelstan impulsivement, sans réfléchir, mue par une réaction émotionnelle qu'elle ne comprenait pas.

Elle se détourna et demeura irrésolue pendant quelques secondes devant un énorme vase de lis. Puis d'une voix basse, étranglée, elle dit :

– Je... suis désolée... je... m'excuse. (Lord Athelstan ne répondit pas et au bout d'un instant elle continua :) Je vous en prie... laissez-moi voyager avec vous.

Il ouvrit la bouche pour lancer une réplique mordante mais, devant sa silhouette émaciée et la fierté de son port de tête coiffée du turban scintillant, il se retint.

Elle avait quelque chose d'indiciblement courageux. Elle était si jeune, si vulnérable, et néanmoins elle s'était embarquée dans cette folle aventure.

Qui plus est – et lord Athelstan était certain qu'elle irait au bout de sa résolution – elle était prête à mourir quand elle parviendrait au terme du voyage.

Il ravala la phrase irritée qui lui était montée aux lèvres et, d'un ton doux qu'il n'avait encore jamais employé, il demanda :

– Si nous oubliions cette petite escarmouche?

Il y eut un silence, puis la jeune fille s'exclama :

– Auriez-vous... cette générosité?

Elle attendit et, comme il ne répondait rien, elle se retourna. Il la regardait avec une expression qu'elle ne put déchiffrer. Puis leurs yeux se rencontrèrent.

Quelque chose d'étrange, d'inexplicable se passa entre eux. Natacha Mélikov fut incapable de l'analyser. Elle se sentait oppressée, la gorge serrée.

Pendant un long moment, ils restèrent tous deux immobiles et finalement lord Athelstan dit :

– Bonne nuit, Natacha.

C'était la première fois qu'il utilisait son prénom.

Puis il entra dans sa chambre, la laissant seule.

Le lendemain matin, ils se mirent en route de très bonne heure.

Les serviteurs de lord Athelstan, qu'il avait envoyés directement de la frontière de la Perse à Tiflis avec le gros de ses bagages, formaient, en compagnie de ceux qui l'avaient accompagné à Dargo-Vedin, une équipe d'environ vingt-cinq personnes.

Tout était porté à dos de cheval, afin de pouvoir se déplacer plus rapidement. La plupart des voyageurs de l'importance de lord Athelstan utilisaient des charrettes et des chariots et parfois même des chameaux pour transporter leurs bagages.

Mais lord Athelstan tenait à avoir des chevaux de bât d'assez bonne qualité pour ne pas le retarder outre mesure par une allure trop lente.

Lorsqu'ils eurent laissé le palais derrière eux, et son armée de laquais en livrée rouge et blanche, lord Athelstan dit à la jeune fille avec un sourire :

– Je crois que nous devrions nous payer un petit temps de galop pour calmer nos chevaux.

C'était sagement raisonné, car lui et Natacha montaient les étalons kabardas offerts par l'iman.

Privés d'exercice la veille, ayant été confinés à l'écurie, ils étaient maintenant impatients de partir, sautaient et se cabraient et il fallait être vraiment expérimenté pour les retenir.

Lord Athelstan vit à l'expression de la jeune fille

qu'elle était ravie de cette suggestion et, un instant plus tard, ils devançaient les domestiques.

Pour Natacha, c'était une joie d'être à califourchon sur un magnifique étalon. Elle n'avait pas monté d'aussi splendide animal depuis son départ de Pologne.

Après avoir galopé pendant près de quatre kilomètres, lord Athelstan fit retourner son cheval en arrière. Ils ne remirent leurs bêtes au pas que lorsqu'ils arrivèrent en vue de la longue colonne de cavaliers et de chevaux de bât conduite par Hawkins.

La jeune fille poussa un profond soupir.

– C'était merveilleux, dit-elle. Si vous saviez combien monter à cheval m'a manqué, aussi bien pendant que j'étais dans les montagnes que durant mon séjour à Saint-Pétersbourg.

– Vous ne montiez pas quand vous étiez à Saint-Pétersbourg? demanda lord Athelstan, surpris.

– Oh, si! dit-elle d'un ton dédaigneux. Un petit trot bien digne avec les autres dames d'honneur. Elles préféraient aller en voiture! (Elle lui décocha un petit sourire.) C'est considéré comme convenable, parce que le tsar le fait, de se promener en ville dans une voiture découverte ou un traîneau selon l'époque de l'année. L'ennui, c'est que je n'ai jamais aimé les villes!

– Moi non plus.

– Vous avez refusé les hommes d'escorte du vice-roi aujourd'hui, reprit-elle en regardant la caravane des bagages.

– J'ai trouvé que nous les avions assez vus, répliqua avec franchise lord Athelstan, et je meurs de peur que vous oubliiez soit votre accent indien, soit que vous êtes censée être un garçon.

– Vous n'êtes pas très flatteur. Je croyais que ma performance avait été sans défaut, une légère bavure mise à part.

– C'est une bavure qui aurait pu vous coûter cher! remarqua gravement lord Athelstan.

– Je... je me suis déjà excusée.

– J'ai l'impression d'être en vacances, fit-il en respirant à pleins poumons.

Elle eut un petit rire.

– Je suppose que je devrais vous redemander pardon de vous causer tant d'inquiétude. Pour moi, le plus difficile était de ne pas laisser voir que je connaissais déjà le palais.

– Ma foi, dans l'ensemble, votre performance a été très convaincante, déclara lord Athelstan.

– Merci, mon bon monsieur! s'écria-t-elle avec malice. Je n'aurais jamais cru entendre de votre bouche des paroles d'approbation.

– Je vois que vous me considérez comme un ogre! remarqua lord Athelstan avec un léger sourire amusé.

– Comment pouvez-vous espérer que j'aie une autre idée de vous? Etant donné que vous n'avez cessé d'être furieux contre moi depuis que nous nous connaissons?

– Vous devez reconnaître que vous m'avez quelque peu provoqué.

– Peut-être bien, mais je pensais que vous auriez plus le goût de l'aventure. Après tout, un diplomate doit avoir aussi une certaine audace pour réussir.

– J'ai idée qu'une fois de plus vous essayez de me prendre par l'amour-propre, répliqua lord Athelstan. Vous êtes une jeune personne très tenace. Mais pour vous faire plaisir je m'efforcerai de prendre goût à votre aventure et, ne vous y trompez pas, c'est la nôtre à partir de maintenant.

– Je me réjouis d'avance de vos efforts, dit la jeune fille en souriant.

– Alors laissez-moi vous dire quelque chose, continua lord Athelstan. J'ai pris des dispositions pour qu'un courrier nous apporte des bulletins d'information concernant l'échange des otages jusqu'à notre arrivée à Constantinople. (Sa voix devint plus grave quand il conclut :) Ce serait stupide que vous fassiez ce sacrifice horrible, monstrueux, sans qu'il serve à quelque chose.

– Vous voulez dire au cas où les négociations échoueraient? demanda Natacha à voix basse. Si terrible que soit ce qui m'attend, je ne peux pas supporter l'idée qu'elles échouent. (Lord Athelstan ne dit rien et au bout d'un instant elle reprit :) D'une part, je ne crois pas que la princesse Anna vive longtemps. A un moment donné au cours de l'hiver, nous avons eu très peur. Elle toussait horriblement; ses cheveux commençaient à tomber et elle était si épuisée que nous devions tout faire pour elle.

– Je devine ce que vous avez souffert, commenta à mi-voix lord Athelstan.

Il se rappelait l'inconfort dont il avait dû s'accommoder au grand Aôul où, pourtant, il était un invité de marque.

– D'autre part, continua la jeune fille, savez-vous qu'un enfant de prisonnier, une fois orphelin, devient suivant la loi, ce qu'ils appellent le « bien d'Allah » et qu'il est élevé par conséquent dans la religion musulmane?

– Non, je l'ignorais.

– Cela signifierait que les enfants de la princesse Anna nous seraient retirés aussitôt après sa mort et que nous ne les reverrions jamais. (Elle soupira.) La princesse Varvara disait souvent qu'elle aimerait mourir afin d'être réunie à son mari qui avait été tué à la guerre. Mais elle devait vivre pour son enfant.

– Je vois ce que vous avez enduré, dit doucement lord Athelstan, mais je suis sûr que les otages seront échangés. Je voudrais seulement pouvoir être aussi confiant concernant votre avenir.

Plus tard ce soir-là, quand ils eurent installé leur campement pour la nuit sous le couvert d'un bois, la jeune fille dit à lord Athelstan :

– J'aimerais que vous me parliez du palais du sultan à Constantinople. J'ai l'impression que vous y êtes allé.

– En effet, j'ai été reçu par le sultan. Désirez-vous vraiment que je vous parle de ce qui vous attend?

– Je préférerais être avertie plutôt que surprise et effrayée, répliqua-t-elle gravement.

Ils discutèrent longuement pendant que Hawkins leur servait un excellent repas; lord Athelstan découvrit pour la première fois à quel point la jeune fille était bien informée sur des sujets qui ne lui semblaient pas, à première vue, susceptibles d'intéresser une femme.

La soirée était chaude. Le soleil avait disparu, les étoiles commençaient à briller et une douce brise chassait les insectes.

Hawkins avait relevé les côtés de la tente et ils pouvaient regarder au-dehors dans l'obscurité. Leurs compagnons avaient dressé leurs tentes à proximité et étaient assis autour d'un feu pétillant.

Les chevaux avaient été dessellés et paissaient l'herbe. L'atmosphère était silencieuse et paisible.

Lord Athelstan songea que parler de l'avenir détruirait la beauté de cette soirée, mais la jeune fille avait posé la question. Il était décidé à la détourner, si possible, de la voie sur laquelle elle s'était engagée.

– Constantinople est la porte de l'Orient, dit-il. La capitale de l'empire ottoman et la demeure du calife des fidèles, l'ombre du prophète sur la terre – le sultan Abdul Aziz. (La jeune fille frissonna.) Le sérail ou harem, poursuivit-il, est toujours resté un mystère et une légende. Le mot est dérivé de l'arabe *haram* signifiant « défendu, illégal ». (Il vit que Natacha Mélikov écoutait attentivement et continua :) Quand le sultan sort dans sa capitale, il est entouré par des gardes portant de grandes bannières et des parasols frangés de perles, et qui agitent des plumes d'autruche pour le dérober aux regards curieux. On donne aux visiteurs étrangers comme moi une magnifique tunique avant d'approcher le sultan. Lorsqu'il m'a reçu, il était assis sur un gigantesque lit à colonnes argenté, doré et incrusté de pierres précieuses.

La jeune fille ne put retenir un éclat de rire.

– Etiez-vous impressionné? demanda-t-elle.

– Mais naturellement. Le contraire eût été bien peu diplomatique.

– Continuez, implora-t-elle.

– En fait, j'ai vu très peu de choses en dehors des grandes salles de réception, mais j'ai remarqué les eunuques noirs qui étaient de service.

Il eut de nouveau l'impression que la jeune fille frissonnait mais, impitoyablement, il continua :

– Le chef des eunuques noirs a le même rang que le grand vizir. Son pouvoir est absolu. Lui seul a le droit de parler directement au sultan. (Il soupira profondément et déclara :) C'est le chef des eunuques que vous devrez vous concilier et qui décidera de votre sort.

– Je comprends, dit Natacha à voix basse.

– On m'a toujours dit que le sérail était une sorte d'énorme couvent dont la religion est le péché et dont le dieu est le sultan. (Il ajouta, d'une voix sarcastique :) Mais ceux qui pensent que ce n'est qu'un lieu de licence effrénée ont évidemment trop lu de romans bon marché. J'imagine que le plus pénible est l'ennui.

– Je l'imagine aussi; toutes ces femmes enfermées

ensemble, cela ne peut manquer d'aboutir à beaucoup d'envie, de méchanceté et de jalousie.

– Cela vaut aussi pour les eunuques, parce que ce sont des anormaux. On les nomme paradoxalement « Gardiens de la rose » ou « Gardiens des délices », cela ne les empêche pas d'utiliser leurs fouets en peau d'hippopotame!

Tout en parlant, il dévisageait la jeune fille qui fixait l'obscurité de l'extérieur.

« Son profil est parfait », pensa-t-il.

Une indéniable impression de fierté se dégageait des lignes de son petit nez et de la courbe de ses lèvres, de celle des sourcils arqués au-dessus des yeux noirs qui avaient à présent une expression horrifiée.

– Pourriez-vous supporter, questionna-t-il à mi-voix, d'être cloîtrée jour après jour, semaine après semaine, année après année?

– Je suis prête à mourir.

– Je me demande si cela résoudra vos problèmes. Peut-être devrez-vous revenir pour vivre de nouveau l'existence dont vous vous serez dépouillée avec tant de légèreté longtemps avant d'avoir payé les dettes accumulées au cours de votre vie antérieure.

Elle se tourna vers lui pour le regarder et il vit ses yeux s'éclairer.

– Vous parlez de la réincarnation! s'exclama-t-elle. Vous y intéressiez-vous avant d'aller aux Indes?

– J'ai étudié toutes les religions orientales quand j'étais à Oxford, répondit lord Athelstan.

– Mon père possédait des livres sur ce sujet. J'ai toujours désiré en savoir davantage.

– *Tout ce que j'ai est à vous!*

Lord Athelstan déclama la formule traditionnelle orientale avec un grand geste et la jeune fille éclata de rire.

– Dites-moi maintenant tout ce que vous savez.

– Impossible! riposta-t-il. Si je parlais la journée et la nuit entières, je commencerais seulement à attaquer la pointe extrême de l'iceberg rien qu'en ce qui concerne le bouddhisme.

Natacha Mélikov posa les coudes sur la table et appuya son visage dans ses mains.

– Vous ne pouvez pas savoir, dit-elle, à quel point j'ai souhaité rencontrer quelqu'un qui s'intéresse réellement à l'Orient.

– Pourquoi l'Orient en particulier?

– Il y a deux choses que j'ai toujours eu envie de faire, expliqua la jeune fille. Visiter les Indes et la Chine, et vivre en Angleterre.

– Deux buts incompatibles, non?

– Pas vraiment. Je crois que l'Orient peut donner la paix à mon âme et l'Occident – personnifié par l'Angleterre – tout ce dont j'ai besoin sur le plan matériel, notamment la possibilité de penser et de parler librement.

– Avant que nous nous engagions trop avant dans les voies ouvertes par la théorie de la réincarnation, dit lord Athelstan, je crois qu'il faut que vous me parliez de vous dont je ne sais pas grand-chose.

– Il n'y a pas grand-chose à apprendre.

– Parce que vous êtes très jeune?

– Parce que j'ai fait si peu... dans cette vie.

Elle avait marqué un temps avant de prononcer ces trois derniers mots.

– Vous croyez vraiment que vous avez vécu auparavant? questionna lord Athelstan.

– Bien sûr que oui! Vous aussi et tous ceux qui sont intelligents, intuitifs... Ces qualités ne peuvent se développer qu'en vivant pleinement, en s'instruisant, en assimilant et en acquérant de l'expérience.

– Je me demande si vous avez raison.

– Tenez, par exemple..., commença la jeune fille.

Ils étaient toujours en train de discuter, lorsque lord Athelstan se rendit brusquement compte que le reste du camp était silencieux.

Il regarda dehors et vit que si le feu continuait à brûler, les hommes s'étaient retirés depuis longtemps sous leurs tentes ou enroulés dans des couvertures, la tête posée sur leur selle.

Tous dormaient. Pourtant Natacha et lui étaient si pris par leur conversation que le temps avait passé sans qu'ils s'en aperçoivent.

– Il faut aller vous coucher, dit-il presque à regret. Nous avons une dure journée de voyage en perspective demain et je ne voudrais pas que vous soyez trop fatiguée.

– Je ne serai pas fatiguée, Mylord. Notre entretien de ce soir m'a redonné de l'énergie.

Il la regarda avec des yeux rieurs et pensa qu'elle disait vrai.

Elle semblait plus vive et avait un air radieux, qu'il n'avait pas remarqué jusque-là.

– N'empêche, dit-il. Je crois que vous avez besoin de sommeil.

Tout en prononçant cette phrase, il comprit qu'elle songeait, comme lui, qu'elle aurait bien le temps de dormir quand elle serait dans le sérail du sultan qui l'attendait au bout de leur voyage.

Alors elle devrait franchir les quatre portes, deux de bois et deux de fer, qui conduisaient au harem; les quatre portes aux quatre grandes serrures près desquelles était posté l'eunuque noir qui en détenait les clefs.

– Bonne nuit, Mylord, dit la jeune fille.

Elle se leva. Elle lui parut bien mince et il se rappela les privations qui en étaient la cause. Alors, à sa propre surprise, il s'entendit déclarer d'un ton pressant :

– Natacha, ne faites pas cela! Si Shamyl garde votre

frère prisonnier, je négocierai sa libération. Ce ne sera qu'une question d'argent. Quelle que soit la somme exigée, je la paierai!

Les yeux de Natacha se fixèrent sur son visage et il y lut une expression incrédule.

– Vous, Mylord? Mais pourquoi feriez-vous cela?

– Parce que je ne peux pas supporter l'idée qu'une chrétienne soit au pouvoir du sultan, répondit lord Athelstan. Vous ne comprenez pas – et comment vous l'expliquerais-je? – les humiliations et les choses indignes auxquelles une femme, qu'on l'appelle son épouse ou sa concubine, doit se soumettre avant d'être admise en sa présence. (Il se tut un instant.) On leur enseigne « l'art d'aimer », mais ce n'est pas l'art connu en Occident ni, à la vérité, rien d'admissible pour quelqu'un comme vous. (La jeune fille ne dit rien et il continua :) Ce n'est pas tellement ce que vous pourriez avoir à subir de la part du sultan qui m'inquiète. Avec les hordes de femmes qu'il garde emprisonnées, des années se passeront peut-être avant qu'il vous choisisse. C'est ce que vous devrez apprendre entre-temps qui me consterne. Rien de ce que vous avez pu lire ou rêver ne pourrait vous y préparer! (Il marqua un temps avant d'ajouter :) Une concubine ou une épouse s'approche du sultan à genoux, elle rampe jusqu'à ses pieds... (Sa voix se fit coupante.) Ne comprenez-vous pas ce que cela signifie?

– Je vous ai dit que je me tuerai.

– Je me demande si, le moment venu, vous en aurez le courage, objecta lord Athelstan. Vous n'avez pas de pistolet qui vous procurerait une mort rapide et propre. Aurez-vous vraiment la détermination ou la force de vous plonger un poignard dans le corps au bon endroit de façon à mourir instantanément? Ce n'est pas facile à réussir.

– Je le sais, dit Natacha sèchement.

– Et si vous échouez, ajouta impitoyablement lord Athelstan, vous serez cousue vivante dans un sac lesté et jetée à l'eau – opération effectuée rituellement par les *bistangi,* les bateliers du jardin – en présence des eunuques noirs. (Il vit que Natacha tremblait et poursuivit implacablement :) C'est très russe de ne pas tenir à la vie, mais qu'avons-nous d'autre qui ait réellement de la valeur? Tout comme un enfant qui vient de naître lutte pour vivre alors qu'il est presque trop faible pour respirer, je vous demande instamment de vivre, Natacha, de lutter pour votre existence.

– Je ne peux pas! Vous ne comprenez donc pas? Je ne peux pas revenir sur ma parole! s'exclama Natacha.

– Une parole donnée à un homme qui se conduit en fourbe, en escroc quand il s'agit d'un échange d'otages! dit lord Athelstan d'un ton âpre. (Puis, comme la jeune fille se taisait, il s'emporta :) Très bien. Vous avez pris votre décision et je n'ai pas le droit de m'y opposer. Mais qu'une chose soit bien claire : si, lorsque nous arriverons à Batoum ou à Constantinople, les otages n'ont pas été échangés contre Djemmal Eddin, je ne vous laisserai pas persévérer dans ce sacrifice insensé. (Il parlait avec une telle violence que Natacha le dévisagea avec stupeur.) Je vous remmènerai et au diable les conséquences! continua-t-il rudement. Ne vous y trompez pas, Natacha, je parle sérieusement.

6

Ils se mirent en route le lendemain matin à une allure aussi rapide que possible, mais fatalement freinée par les chevaux de bât lourdement chargés.

La région était montagneuse et boisée, la route de Batoum serpentait autour des hauts sommets et longeait des torrents.

C'était très beau mais parfois la route, détrempée par les neiges de l'hiver, ne valait guère mieux qu'une piste.

Lord Athelstan et Natacha Mélikov se trouvaient en tête de leur caravane quand ils aperçurent, venant vers eux dans un nuage de poussière, un cavalier galopant à bride abattue.

Instinctivement, ils immobilisèrent leurs chevaux, se demandant de qui il pouvait s'agir et conscients qu'il devait avoir de sérieuses raisons pour voyager à une telle allure.

Il se rapprochait de plus en plus et ils virent alors un homme assez âgé et sobrement vêtu. Natacha eut l'impression qu'il s'agissait d'un employé de bureau ou d'un fonctionnaire.

En arrivant près d'eux, il retint légèrement son cheval mais, visiblement, il n'avait pas l'intention de s'arrêter. Quand il passa à leur hauteur, il cria : « Les Tcherkesses! Les Tcherkesses! » et, éperonnant sa monture s'éloigna de nouveau au grand galop.

Natacha regarda lord Athelstan avec appréhension. Celui-ci avait déjà compris et, se retournant, il donna un ordre bref à Hawkins.

En quelques minutes à peine, toute la cavalcade avait gravi une pente légère et s'était enfoncée dans les profondeurs d'un bois épais.

Jetant un coup d'œil par-dessus son épaule dans la direction d'où le cavalier était venu, lord Athelstan dit à Natacha au moment où la dernière bête de somme disparaissait dans l'ombre des arbres :

– Vite! Il ne faut pas qu'on nous voie!

Elle savait mieux que lui encore combien les Tcherkesses étaient redoutables. Les voyageurs qui se rendaient en Géorgie par la mer Noire étaient toujours mis en garde contre le danger des bandes de pillards tcherkesses.

Après la conquête de la côte par les Russes, ils avaient été repoussés à l'intérieur, mais ils se cachaient dans cette région accidentée et constituaient une menace pour les voyageurs et les navires insuffisamment protégés.

A cause des écueils, des brumes et des tempêtes subites de la mer Noire, de nombreux navires s'échouaient sur les rochers ou étaient coupés en deux.

Lorsqu'ils ne se trouvaient pas sous la protection d'un navire de guerre russe, les Tcherkesses les considéraient comme un trésor à piller.

Ils surveillaient la côte du haut d'une chaîne montagneuse, toujours prêts à descendre à cheval pour s'emparer de ce qu'ils pouvaient arracher à leurs ennemis russes.

Il s'agissait de bandes de sauvages, d'assassins, de coupe-jarrets qui étaient très redoutés et vivant uniquement d'expédients et du produit de leurs rapts.

A l'intérieur du bois, Natacha mit pied à terre et l'un des serviteurs de lord Athelstan emmena sa monture dans un coin éloigné de la forêt, là où non seulement les chevaux étaient hors de vue, mais ne risquaient pas d'être entendus.

Laissant trois d'entre eux monter la garde, les hommes revinrent se dissimuler derrière les arbres à la lisière du bois, leur arme à la main.

Natacha alla se poster à côté de lord Athelstan qui lui tendit un de ses pistolets à six coups.

Personne ne disait mot. Chacun retenait son souffle. Puis ils virent au loin un grand nuage de poussière et ils comprirent que les Tcherkesses approchaient.

Ils étaient une trentaine, tous grands, bien découplés, chacun, un fusil en travers du dos et un poignard à manche d'argent passé dans la ceinture.

Ils portaient de longues tuniques très ajustées et des bonnets bordés de fourrure.

C'étaient indiscutablement de beaux hommes, songea la jeune fille, mais l'expression de leur visage était terrifiante.

Ils approchaient à une allure rapide et Natacha espéra qu'ils continueraient à poursuivre l'individu qui leur avait échappé.

Quand ils arrivèrent à la pente au-dessous du bois, ils immobilisèrent leurs chevaux. Ils se mirent à parler et à discuter entre eux, riant de quelque plaisanterie mais en même temps cruels et résolus dans leur attitude.

Visiblement, ils se demandaient s'ils allaient avancer ou retourner sur leurs pas. Natacha ne put s'empêcher de penser à leur satisfaction s'ils s'apercevaient qu'il y avait à leur portée une grosse prise et un important butin.

Elle regarda les hommes de lord Athelstan chacun derrière un tronc d'arbre et prêt à faire feu.

Ils étaient presque à égalité mais les Tcherkesses avaient la réputation d'être des tireurs d'élite incroyablement braves et ne craignant personne.

Si l'on en venait à un combat, impossible de dire qui serait vainqueur. Et quelle qu'en soit l'issue, il y aurait sûrement un très grand nombre de blessés et peut-être beaucoup de morts.

Elle retint instinctivement son souffle. Les Tcherkesses se rapprochaient.

S'ils venaient à se douter de la surveillance dont ils étaient l'objet, si le moindre bruit attirait leur attention, ils donneraient l'attaque.

Il suffirait du hennissement d'un cheval, du bruit d'une bride secouée, une toux ou même du mouvement d'un homme.

La tension était intolérable. Tout à coup, lord Athelstan sentit une main tremblante, glacée, se glisser dans la sienne.

Sur le moment, il fut paralysé par la surprise. Puis ses doigts enserrèrent ceux de Natacha qui frémirent dans les siens comme un oiseau pris au filet.

Ils attendirent encore, le souffle court. Enfin les Tcherkesses prirent une décision.

Poussant une clameur ressemblant à un cri de guerre, ils repartirent dans la direction d'où ils étaient venus.

On entendit le bruit des sabots de leurs chevaux qui s'éloignaient au galop; ensuite il ne resta plus qu'un nuage de poussière qui s'estompa graduellement à l'horizon.

Natacha poussa un soupir de soulagement. Les Tcherkesses avaient disparu et ils étaient sains et saufs!

– Tout va bien, dit lord Athelstan en lui souriant comme à un enfant.

– Ce sont des sauvages! répliqua-t-elle à voix basse.

– On m'en a parlé. Nous avons eu beaucoup de chance d'avoir été avertis à temps pour nous cacher.

Il regarda sa montre et constata que midi venait de sonner. Il dit à Hawkins qu'ils feraient halte sur place le temps de se restaurer.

Il s'enfonça dans le bois jusqu'à ce qu'il trouve une petite clairière où il s'assit sur un arbre tombé tandis que Natacha s'installait sur de la mousse.

– N'avez-vous pas rencontré de bandits ou de voleurs pendant votre voyage en Perse? demanda-t-elle.

– Je suis certain qu'il y en avait beaucoup dans les régions sauvages du pays, mais le shah m'avait donné une escorte de soldats pour me protéger.

– Comme l'aurait fait le vice-roi si vous n'aviez pas refusé son offre. (Lord Athelstan ne répondit pas et au bout d'un moment elle ajouta :) Si quelque chose nous était arrivé, ç'aurait été de ma faute.

– Je ne peux pas vous laisser en porter le blâme, répliqua lord Athelstan. C'est moi qui ai pris la responsabilité de partir sans escorte.

– Seulement parce que vous craigniez que je risque de vous trahir, dit-elle. Je suis confuse.

– Vous n'avez aucune raison de l'être, mais je reconnais que le moment a été assez pénible à passer. Je redoutais un peu que, comme nous, ils choisissent de s'abriter au milieu des arbres et alors nous aurions été obligés de nous battre!

– J'étais... terrifiée, avoua Natacha.

Il se rappela le tremblement de ses doigts dans les siens et, au bout d'un instant, remarqua avec une pointe d'amusement dans la voix :

– Je suis content de voir que finalement vous réagissez en femme en présence du danger.

– Allons donc, seriez-vous, comme tous les hommes, offusqué qu'une femme soit capable de se tirer d'affaire toute seule? reprit-elle en riant.

– Offusqué, je ne crois pas, répliqua lentement lord Athelstan. Seulement je trouve naturel que les hommes protègent les femmes et veillent sur elles. Après tout, c'est une loi de la nature. Les animaux luttent pour leurs compagnes et l'oiseau monte la garde pendant que l'oiselle couve dans son nid.

Natacha poussa un petit soupir.

– Je suppose qu'en réalité toutes les femmes le souhaitent. Nous voulons être indépendantes mais quand la force brutale entre en jeu, nous savons qu'il faut avoir recours aux hommes.

– Et pourtant vous avez refusé de vous laisser protéger, objecta lord Athelstan.

Elle comprit qu'il remettait une fois de plus en question ce qu'elle avait décidé de faire quand ils arriveraient à Constantinople.

Elle se détourna et dit très bas :

– Je dois faire ce que je crois juste! Ce serait si facile de vous laisser me convaincre que j'ai tort. Je vous en prie, n'essayez pas. Je n'ai pas pu dormir la nuit dernière en me rappelant ce que vous m'aviez raconté.

– Vous m'avez demandé la vérité.

– Oui, je sais, dit Natacha, et maintenant j'ai plus peur qu'avant.

Elle était si jeune, si vulnérable. Le seul espoir était que quelque chose se produirait avant leur arrivée à Constantinople. Peut-être l'échange d'otages n'aurait-il pas lieu.

Avant son départ de Tiflis, les négociations semblaient sur le point d'être rompues, auquel cas il la renverrait en donnant une explication quelconque du fait qu'elle ne se trouvait pas avec les autres.

Ces réflexions lui traversèrent l'esprit en un éclair, mais il n'eut pas le temps d'ouvrir la bouche que Hawkins arriva avec le déjeuner qui constituait en un délicieux pique-nique.

Il se composait de viandes froides, de salade fraîche, de pâté, spécialité du chef cuisinier du vice-roi, de fromage et de fruits. Il comprenait aussi un vin blanc exceptionnel provenant des caves Voronzov.

– C'était très bon, dit Natacha en terminant son repas.

– Vous vous sentez plus en paix avec le monde? demanda lord Athelstan.

– Pour le moment, j'ai moins d'appréhension. (Puis elle ajouta :) Peut-être n'est-ce pas l'exacte vérité! Ce que je voudrais, au fond, c'est que ce voyage dure toujours... que nous n'arrivions jamais au bout. (Elle prit son rire pour une moquerie et continua vivement :) Vous trouveriez cela ennuyeux, je n'en doute pas, mais pour moi ce serait une évasion hors du temps... Cela faciliterait tellement la vie... si l'on pouvait échapper au temps.

Voyant l'intérêt de lord Athelstan, elle poursuivit :

– Sentez-vous à quel point il règle notre vie? C'est toujours le temps d'aller se coucher, le temps de se lever, le temps d'abandonner quelque chose d'intéressant qu'on est en train de faire parce qu'il est temps d'aller ailleurs, temps de vieillir et temps de mourir.

– On n'a pas assez de temps pour tout ce que l'on souhaiterait faire, je vous l'accorde bien volontiers, et beaucoup de choses ennuyeuses ou obligatoires en prennent trop.

– C'est vrai, acquiesça la jeune fille.

– Et maintenant, conclut-il avec un sourire en se levant, il est temps de partir! Nous avons un très long trajet à parcourir car je désire camper ce soir près de Batoum; j'estime que nous y serons plus en sécurité.

Natacha ne dit rien, mais elle était déçue de ne pouvoir continuer à bavarder avec lui.

Une fois de plus, elle songea au plaisir de se trouver en la compagnie d'un homme fin et intelligent, de s'entretenir avec lui comme elle n'avait jamais pu le faire avec personne des gens rencontrés à Saint-Pétersbourg.

Elle avait l'impression que son père aurait éprouvé de la sympathie pour lord Athelstan. Ils se seraient compris car ils avaient bien des points communs.

Elle imaginait aisément lord Athelstan chez lui, dans son domaine campagnard. Quelque chose en lui donnait à penser qu'il était bon, généreux et compréhensif avec ceux qui travaillaient pour lui.

Elle était malheureuse en songeant aux souffrances des serfs en Russie; aux cruautés que leurs maîtres infligeaient à beaucoup d'entre eux; à la façon dont ils étaient traités, non pas en individus mais en esclaves, sans être autorisés à manifester leur personnalité.

Ils se remirent en route. A présent, le soleil était chaud et la poussière déposait une pellicule grise sur leurs vêtements, sur les chevaux et sur leur peau.

Mais lord Athelstan n'avait pas l'intention de ralentir l'allure et il n'y eut pas de répit avant d'arriver en vue de Batoum.

La dernière partie du trajet fut pénible.

Ils durent gravir les montagnes du littoral, découvrir le défilé, puis descendre sur l'autre versant.

La mer Noire était bleue et tranquille; son nom lui venait des tempêtes qui faisaient courir de graves dangers aux voyageurs et se déchaînaient de façon imprévisible.

Dans le défilé, les vents balayèrent une grande partie de la poussière qui s'était accumulée sur eux, néanmoins Natacha fut contente lorsqu'ils s'arrêtèrent pour camper sur un plateau fertile parsemé de fleurs sauvages.

Là, il faisait chaud et ils étaient abrités du vent; un torrent qui descendait de la montagne leur procura de l'eau pour les chevaux et pour eux-mêmes.

La tente de Natacha, fournie par Shamyl, était petite, confortable et à l'épreuve des intempéries, mais elle n'avait rien de comparable avec celle de lord Athelstan.

Toutefois elle était amplement suffisante et quand un domestique lui apporta un seau d'eau et une cuvette, Natacha se lava entièrement avant de prendre des vêtements de rechange dans un sac qui avait été transporté à dos de cheval.

Elle dénoua ses cheveux et les brossa, puis les serra dans un turban bleu de la même teinte que les turquoises de son poignard.

Tout en se coiffant, elle se demanda si cette couleur lui porterait bonheur.

« Du moins ce soir pourrai-je parler à lord Athelstan et oublier ce qui va m'arriver », se dit-elle.

Pourtant elle ne pouvait distraire son attention du sort tragique qui l'attendait.

Lorsqu'elle parviendrait à Constantinople, elle laisserait derrière elle tout ce qui lui était familier pour devenir l'épouse du sultan.

Natacha tenta désespérément d'écarter ces pensées terrifiantes qui assombrissaient ses derniers moments de détente.

« Je ne veux pas me laisser submerger par ces idées noires, mais vivre dans le moment présent », se dit-elle avec délibération.

Quand elle fut prête, elle quitta sa tente et se rendit dans celle de lord Athelstan.

Il se leva pour l'accueillir. Au même moment le bruit d'un cheval retentit au-dehors et un homme vêtu du costume des Cosaques traversa précipitamment le camp, une lettre à la main.

Il s'agissait d'un des courriers qui devaient apporter tout au long du trajet jusqu'à Constantinople les nouvelles concernant les négociations en cours pour l'échange des otages.

Lord Athelstan ouvrit l'enveloppe que lui tendait le

Cosaque et en tira une feuille de papier qu'il parcourut attentivement, puis, se tournant vers l'homme, il le remercia et dit à Hawkins de le payer.

La somme était visiblement bien supérieure à ce qu'il attendait et les yeux du Cosaque étincelaient quand il exprima ses remerciements avant de partir avec Hawkins.

– Que dit le message? demanda la jeune fille.

Le visage de lord Athelstan demeura impassible et il répondit d'une voix neutre :

– Les conditions ont été acceptées. Le seul problème est l'insistance de Shamyl pour obtenir des roubles d'argent, le prince mettra du temps à en réunir une telle quantité.

– Mais à part cela l'échange aura lieu? dit Natacha.

– Il ne semble pas y avoir aucune autre difficulté, sinon que les Mourids compteront les roubles un par un, ce qui demandera au moins vingt-quatre heures!

– Ils n'ont pas confiance dans les Russes?

– J'imagine qu'ils craignent de recevoir moins que le chiffre convenu. Cela risque de causer une dispute pendant l'échange et de procurer un prétexte aux deux parties pour engager le combat.

– Oui, je comprends, dit Natacha à voix basse.

Elle aurait dû être enchantée d'apprendre la libération de la princesse Anna et des siens. Pourtant elle sentit au fond d'elle-même un fol espoir, né malgré elle, s'évanouir telle une lueur minuscule qui s'éteint dans l'obscurité.

Comme s'il devinait ses pensées, lord Athelstan approcha pour elle une chaise près de la table et ordonna à un domestique de leur apporter du vin.

– Soyons gais ce soir, dit-il d'un ton que bien des femmes avaient trouvé ensorcelant. Nous avons encore le temps de mieux nous connaître.

– J'ai bien peur que ce que vous apprendrez sur moi ne vous déplaise, répondit Natacha qui se demanda pourquoi sa voix avait un ton si découragé.

– Au contraire, ce que je sais de vous m'intéresse et m'intrigue. Ce n'est que ce que vous faites qui suscite ma désapprobation.

En buvant à petites gorgées, Natacha eut l'impression que le vin dissipait un peu le brouillard qui semblait se refermer sur elle.

– De quoi allons-nous parler? demanda-t-elle.

– Nous n'avons pas eu de mal à trouver des sujets de conversation jusqu'à présent, dit lord Athelstan en souriant.

C'était vrai! S'entretenir avec lui avait été facile. Elle avait envie de connaître tant de choses que lui seul pouvait expliquer.

Au cours du repas, encore plus délicieux que celui de la veille, elle s'aperçut qu'il lui ouvrait de nouveaux horizons. Il stimulait son imagination si bien que tout ce qu'ils se disaient lui paraissait doté d'un étrange enchantement.

– Vous êtes si avisé... si intelligent! s'exclama-t-elle impulsivement. Quand vous voyagez seul, n'éprouvez-vous pas le désir d'avoir de la compagnie?

– Oui, je me sens solitaire, répondit lord Athelstan de sa voix grave, mais je n'ai encore jamais trouvé quelqu'un que je souhaiterais avoir en permanence à mes côtés. Peut-être est-ce pour cela que j'aime beaucoup voyager. Il y a toujours du nouveau à découvrir. On n'a pas le temps de s'ennuyer. (Il fit une pause avant d'ajouter :) Peut-être le plus triste est-il de constater que ce qui vous a amusé hier est devenu morne et sans intérêt aujourd'hui.

Il pensait à la baronne en prononçant ces paroles.

Il lui semblait maintenant incroyable qu'elle ait eu à

un moment donné tant d'importance pour lui. Et s'il était sincère avec lui-même, il devait reconnaître qu'une des raisons de son désir de quitter le palais du vice-roi était la crainte d'être obligé de la revoir.

Aucune femme ne peut supporter de perdre un homme qui l'a aimée, et il était sûr que tôt ou tard elle lui adresserait des reproches dès qu'elle se rendrait compte qu'il ne s'intéressait plus à elle.

Il avait voulu échapper à une scène qui aurait été fort déplaisante. Qu'il puisse prendre la présence de Natacha comme prétexte de sa hâte de partir n'avait pas réellement apaisé ses scrupules de conscience.

Il connaissait fort bien les autres raisons et estimait qu'il devait les envisager franchement au lieu de se mettre un bandeau sur les yeux.

Il dit à voix haute :

– Une des joies de la vie est de toujours continuer à se cultiver, à faire des découvertes sur les autres et aussi sur soi-même!

– Peut-être bien en effet.

– Le prince David m'a raconté, reprit lord Athelstan, que les bagages de Djemmal Eddin se composaient en grande partie de livres, atlas, peinture et matériel de dessin.

– Pauvre Djemmal Eddin! s'exclama la jeune fille. Je doute qu'il soit autorisé à les conserver.

– Que voulez-vous dire?

– L'iman se conduit en autocrate à l'égard des siens. Sa plus jeune épouse, Aminette, était désolée de ne pas être autorisée à porter de riches vêtements. Je suis sûre que l'iman ne laissera à son fils aucun souvenir de l'Occident en dehors de ceux qu'il a dans sa tête. (Lord Athelstan pensa qu'elle disait vrai.) Voilà tout ce que je posséderai, dit Natacha à voix basse. Seulement ce que je conserverai dans mon esprit – le souvenir de ce que vous m'avez raconté et de notre voyage.

Elle se leva comme si elle ne pouvait pas supporter d'en parler davantage.

Il était déjà tard et, après avoir dit bonsoir à lord Athelstan, elle se retira dans sa tente. Quand elle l'eut quitté, ce dernier s'assit à la table pour se verser un autre verre.

Il réfléchit à leur conversation et se demanda si jamais quelqu'un d'autre avait entrepris un voyage aussi étrange, au terme duquel sa compagne se condamnerait elle-même à la prison et à la mort.

Il avait grande envie de ramener Natacha à une vue plus juste des choses, mais reconnaissait que la volonté de la jeune fille était aussi forte que la sienne et qu'elle était résolue à sauver son frère quoi qu'il dût lui en coûter.

Une telle force de volonté était incroyable chez un être aussi jeune ayant mené jusque-là une existence calme et protégée.

« Comment lui faire comprendre à quoi elle s'expose entre les mains du sultan? » se demanda-t-il avec désespoir.

Puis il songea que quoi qu'il puisse dire, il ne parviendrait pas à détourner Natacha de son dessein.

Il ramassa par terre le message qui lui avait été apporté concernant l'échange des otages.

Tout en le parcourant une nouvelle fois, il devinait quelle excitation devait régner à Hassif Yourt. Les conditions avaient été enfin acceptées après tant de discussions et de tergiversations.

Le prince David ne pensait probablement plus qu'au jour où il reverrait sa femme et ses enfants, et Djemmal Eddin se disait, comme Natacha, qu'il arrivait au terme de son voyage.

Tout ce qui lui était familier, tout ce qu'il aimait, serait perdu pour lui et sa vie deviendrait très austère auprès d'un père dont il avait secrètement un peu honte.

Lord Athelstan avait l'impression d'assister à un mauvais mélodrame russe. La densité d'émotion de cette tragédie se trouvait redoublée par l'intervention du destin amenant de simples comparses sans importance réelle à souffrir autant que les principaux protagonistes.

Si seulement Natacha n'était pas allée en Géorgie séjourner chez sa marraine! Si seulement elle avait laissé son frère à Saint-Pétersbourg où il vivait parfaitement heureux!

Le jeu des coïncidences et des péripéties s'imbriquait de telle façon qu'il était difficile de les dissocier de l'action principale qui se déroulait entre l'iman et les Russes.

– Je n'y peux rien! dit lord Athelstan.

Sa voix laissait percer une note de frustration et peut-être de désespoir.

Il décida d'aller se coucher. Comme il se levait, il entendit un bruit de chevaux à la lisière du campement.

Un instant plus tard, il vit dans la clarté du feu de camp un officier en uniforme russe qui s'approchait escorté par Hawkins. Derrière lui, plusieurs soldats mirent pied à terre.

Lord Athelstan attendit, se demandant pourquoi des soldats venaient le voir à cette heure de la nuit.

Hawkins conduisit l'officier à la tente et celui-ci entra.

– Je suis le colonel Straganov, Mylord.

Lord Athelstan tendit la main.

– Bonsoir, colonel Straganov. Quelle surprise!

Il remarqua que le colonel était un peu plus âgé que lui et grisonnait aux tempes. Il avait un visage dur, aux yeux perçants et soupçonneux.

C'était le genre d'homme avec qui lord Athelstan avait peu de choses en commun.

– Voulez-vous vous asseoir et boire un verre de vin, colonel? demanda-t-il.

– Merci, volontiers. Nous avons fait une longue route. (Lord Athelstan haussa les sourcils et l'officier précisa :) Je viens de Vladicaucase. Je suis délégué par le maréchal-prince Bariatinsky.

– Tiens! Et pourquoi le prince vous envoie-t-il?

Le colonel Straganov but à petites gorgées le vin que Hawkins lui avait servi avant de répondre.

Il parla lentement, choisissant ses mots avec soin.

– Le maréchal a entendu dire, encore que ce puisse être naturellement une fausse rumeur, que l'un des otages capturés par Shamyl est sous votre protection.

– Un otage? répéta lord Athelstan.

Il réfléchit rapidement et comprit que, selon l'habitude orientale, un bruit avait pris naissance et s'était propagé avec la rapidité de l'éclair jusqu'aux oreilles du maréchal.

– Je puis vous dire, Mylord, poursuivit le colonel, que cette rumeur vient du Daghestan et n'a pas, bien entendu, été confirmée par nos agents. Je crois savoir que pendant votre séjour à Vladicaucase vous aviez avec vous un jeune prince indien.

– Oui, c'est exact, déclara lord Athelstan. En fait, il m'a quitté à présent. Il a été rappelé inopinément aux Indes et il est reparti de Tiflis.

Il prononça ces paroles d'une voix forte car, la tente de Natacha étant contiguë à la sienne, elle entendrait aisément ce qu'il disait.

Il courait un risque en prétendant que le prince Akbar n'était plus avec lui, mais il se doutait que le colonel arrivant de Vladicaucase n'avait pas eu de nouvelles de Tiflis.

Il avait probablement coupé à travers le pays en

ligne directe et par conséquent n'était pas en mesure de savoir si le prétendu prince avait quitté le palais en sa compagnie ou non.

– Le maréchal a été assez surpris que vous ayez emmené un prince indien avec vous à Dargo-Vedin, reprit le colonel au bout d'un instant.

– Je n'ai pas eu le choix en l'occurrence, répliqua lord Athelstan. Le maharadjah désirait que j'escorte son fils jusqu'en Angleterre et je pouvais difficilement le laisser au bord de la route à m'attendre pendant que je rendais visite à Shamyl.

– Non, évidemment. J'aurais cependant aimé lui parler.

– Alors je crains que vous ne soyez obligé de le rattraper sur la route de Téhéran, répliqua lord Athelstan avec désinvolture. (Il remplit de nouveau le verre du colonel et le sien en disant :) Je suis navré que ces rumeurs vous aient causé tant de dérangement.

– Bah, c'est le métier, rétorqua le colonel. D'autre part, vous permettez que mes hommes jettent un coup d'œil dans votre camp?

Lord Athelstan se raidit.

– Vous oubliez, je le crains, colonel, que je jouis de l'immunité diplomatique. Ce camp est britannique et par principe je ne puis tolérer aucune perquisition d'aucune sorte, que j'aie ou non quelque chose à cacher.

La dignité avec laquelle il s'exprimait impressionna visiblement le colonel.

– Bien entendu, Mylord, si tel est votre sentiment, je m'en voudrais de vous déplaire. Vous m'autoriserez bien, je pense, à me reposer un peu avant de continuer mon voyage jusqu'à Batoum? Je suis sûr que mes hommes sont déjà en train de se réchauffer près de votre feu.

– J'y compte bien! répliqua lord Athelstan d'un ton affable, et je suis ravi de vous offrir l'hospitalité de ma tente.

Il se doutait, en dépit de ses dires, que les Russes tout en fraternisant ostensiblement avec ses serviteurs chercheraient à se renseigner par n'importe quel moyen.

A l'évidence, le colonel ne tenait pas à provoquer un incident diplomatique. D'autre part, le maréchal devait être assez sûr de son fait pour avoir dépêché un officier d'aussi haut grade dans un si long voyage.

Il espérait vivement que Natacha, ayant entendu la conversation, se déguiserait astucieusement ou s'arrangerait pour que personne n'entre dans sa tente.

Les Russes étaient passés maîtres dans l'art de l'espionnage et le colonel Straganov avait certainement amené avec lui des hommes bien entraînés, choisis spécialement pour cette mission.

Ils seraient aussi rusés et habiles que les membres de la police secrète. Ils se faufileraient dans le moindre recoin où quelque chose aurait pu être caché.

Il jeta un coup d'œil vers le feu de camp et vit à son soulagement que la plupart de ses serviteurs s'étaient déjà retirés pour la nuit.

Des boissons étaient servies aux Russes par Hawkins et deux autres domestiques qui l'accompagnaient depuis son départ des Indes et qui seraient, à coup sûr, d'une discrétion parfaite.

– On m'a dit que vous avez trouvé très pénible le trajet jusqu'à Dargo-Vedin, reprit le colonel Straganov.

– Ce n'est sûrement pas un voyage que j'aimerais entreprendre souvent, répliqua lord Athelstan.

– Et quand vous avez vu les princesses, n'avez-vous pas souhaité pouvoir faire quelque chose pour elles? insista le colonel.

– Certes, répondit lord Athelstan. Mais, comme vous le comprendrez, je ne pouvais rien, sinon souhaiter que l'échange des otages soit effectué le plus rapidement possible. D'ailleurs, je crois savoir qu'il aura lieu très prochainement.

– Espérons-le. (Il y eut un silence, puis le colonel demanda :) D'où pensez-vous que vienne cette rumeur selon laquelle une des jeunes femmcs aurait quitté Dargo-Vedin avec vous?

Lord Athelstan haussa les épaules.

– Les conteurs des bazars doivent toujours inventer de nouvelles histoires pour exciter l'intérêt de leurs auditeurs et quoi de plus romanesque que d'enlever une captive sous le nez de l'iman? (Il se mit à rire :) La chose aurait été plutôt difficile alors que le grand Shamyl en personne nous a accompagnés pendant quelque temps au départ de Dargo-Vedin, un honneur, si j'ai bien compris, rarement accordé.

– C'est on ne peut plus exact! admit le colonel. On ne l'a pas vu depuis des années et il n'a pas beaucoup de visiteurs.

– Je n'en suis pas étonné, répondit lord Athelstan. Sa demeure est extrêmement inconfortable. (Après un bâillement, il reprit :) J'espère, colonel, que vous m'excuserez si je me retire. La journée a été longue pour arriver ici et demain je dois trouver un bateau qui m'amène à Constantinople.

– Je vous en prie. Il ne faut pas que je vous retienne. Dès que mes hommes se seront reposés, nous nous remettrons en route.

– Ne le prenez pas en mauvaise part si je dis que je souhaite que vous ne restiez pas longtemps, dit lord Athelstan. Mes serviteurs aussi sont fatigués. Il a fait très chaud cet après-midi et l'ascension jusqu'au col a été vraiment épuisante.

– Je comprends, acquiesça le colonel Straganov.

D'autre part, Mylord, êtes-vous sûr que le maréchal a eu tort de prêter attention à cette rumeur?

– Mon cher colonel, croyez-vous vraiment que je voudrais me mêler d'une affaire qui concerne exclusivement Shamyl, lequel veut récupérer son fils, et le prince David qui attend sa femme et ses enfants? (Le colonel ne répondit pas et lord Athelstan reprit :) Je me suis fait toute ma vie une règle de ne pas prendre parti dans les querelles locales. Je représente la Grande-Bretagne et je m'occupe uniquement de ses intérêts et d'aucun autre.

– La Grande-Bretagne n'est pas une amie des Russes, dit le colonel d'un ton grave.

– Malheureusement, c'est exact à l'heure actuelle, convint lord Athelstan. (Il se leva.) Comme je l'ai déjà dit, colonel, je désire me retirer. Servez-vous de vin, je pense, du reste, que vous ne tarderez pas à partir pour Batoum.

Les deux hommes se serrèrent la main et, soulevant le rideau qui séparait la tente en deux parties lord Athelstan quitta le salon.

Dans sa chambre, il resta un instant debout à se demander que faire. Avait-il eu raison de laisser le colonel seul?

Il se dit que cette attitude prouverait son indifférence en la matière.

D'autre part il craignait que les soupçons des Russes soient assez forts pour les inciter à pénétrer de force sous n'importe quel prétexte dans les autres tentes.

Rien de plus facile que de trébucher sur une corde et, en tombant, de s'agripper au rabat qui cèderait sous la traction.

Il souhaitait désespérément que Natacha ne soit pas découverte.

La situation était beaucoup plus dangereuse qu'aucune de celles où ils s'étaient trouvés jusque-là, et il ne pouvait que souhaiter jouer son rôle de façon adroite et convaincante.

Il pensait – sans en avoir la certitude parce que le visage sévère du colonel ne trahissait aucune émotion – l'avoir persuadé de l'inexactitude de son accusation.

Néanmoins il avait peur, à la fois pour Natacha et pour sa propre réputation.

La jeune fille avait dû entendre la conversation. Hawkins avait probablement été surpris d'apprendre que le prince ne se trouvait pas avec eux au départ de Tiflis mais avait compris que lord Athelstan avait une bonne raison pour l'affirmer et abonderait certainement dans son sens.

Lord Athelstan se déshabilla lentement.

Il entendit le colonel se remplir un verre dans l'autre partie de la tente.

Les Russes assis autour du feu de camp avaient dû boire eux aussi. Ils devenaient bruyants et excités.

« Ils paraissent s'enivrer », songea lord Athelstan.

Puis il se demanda s'ils ne jouaient pas la comédie.

Le moment était-il venu où ils abattraient les tentes ou tomberaient accidentellement à l'intérieur de l'une d'elles pour inspecter ce qu'elle contenait?

Enfilant une longue robe de chambre de soie, il poussa le rideau de côté.

A son entrée, le colonel leva la tête. Il tenait un verre à la main.

– Vos hommes ont l'air bien gais, dit lord Athelstan. Ce sera difficile de dormir s'ils sont si bruyants.

– Il faut bien que je leur laisse le temps de se reposer, répliqua le colonel d'une voix rogue. Comme je l'ai déjà dit à Votre Seigneurie, nous avons parcouru une longue route.

– Il ne me semble guère à les entendre qu'ils soient

en train de se reposer, remarqua lord Athelstan d'un ton acide.

Pendant qu'il parlait, il vit un Russe quitter le feu de camp et se diriger en titubant vers la tente de Natacha qui était la plus proche de lui.

Exactement comme lord Athelstan l'avait prévu, il trébucha sur les cordes, tendit le bras pour se rattraper au rabat masquant l'entrée de la tente et l'ouvrit en tirant dessus.

La clarté du feu en révéla l'intérieur.

Sur le sol, il y avait un matelas, des bagages, une pile de coussins. A part cela, la tente était vide!

Lord Athelstan poussa un profond soupir, puis il s'adressa sévèrement au colonel Straganov :

– Je pense que vos soldats devraient faire un peu plus attention.

– Je vais le leur recommander. Nous n'allons pas tarder à partir.

– Avant qu'ils commettent plus de dégâts, j'espère! rétorqua lord Athelstan. Bonsoir, colonel.

Il retourna dans sa chambre. Il avait eu du mal à maîtriser sa voix pour ne pas laisser paraître son soulagement.

Natacha avait eu la prudence de s'éloigner. Elle se cachait sans doute dans les parages et reviendrait après le départ des soldats. Où qu'elle fût, lord Athelstan savait qu'il ne devait pas courir le risque de la chercher.

Il était resté debout plongé dans ses réflexions quand le rideau s'écarta et le colonel passa la tête à l'intérieur de la chambre.

– Je voulais simplement vous présenter mes excuses, Mylord, dit-il. Je suis navré que mes hommes se soient enivrés à ce point. C'est que nous avons voyagé toute la journée sans manger et dans ces cas-là l'alcool monte vite à la tête.

– Oui, oui, bien sûr! répliqua lord Athelstan. Je comprends.

Il devinait que le colonel s'excusait uniquement pour avoir un prétexte d'inspecter l'intérieur de la tente.

Ses yeux perçants passèrent en revue la pile de coussins, la coiffeuse de voyage qui accompagnait toujours lord Athelstan partout où il allait, les malles en cuir qui avaient contenu ses vêtements et son nécessaire pour la nuit. Ne découvrant aucune cachette, le colonel se retira.

– Bonne nuit, Mylord! J'espère que nous ne vous dérangerons plus.

– Moi aussi, je l'espère! répliqua lord Athelstan d'un ton significatif.

Il était si furieux du cynisme de cette intrusion qu'il avait du mal à parler sans manifester sa colère.

Mais il savait que ce serait une erreur. Quoi qu'il arrive, il devait feindre d'ignorer les soupçons des Russes.

Montrer son irritation n'aboutirait qu'à les inciter à poursuivre leurs recherches, peut-être à fouiller les alentours du camp, auquel cas Natacha risquait d'être découverte.

Il entendit le colonel se rasseoir à la table. Les voix des soldats autour du feu étaient moins fortes et il comprit que n'ayant rien trouvé ils cessaient de mimer l'ivresse et se préparaient à s'en aller.

« Qu'ils aillent au diable! pensa-t-il. Une fois qu'ils seront partis, je me mettrai en quête de Natacha. »

Il souffla la lanterne, enleva sa robe de chambre, la jeta de côté et tira les couvertures sur les draps de fine toile dont Hawkins avait garni son matelas.

Il repoussa une partie des coussins garnis de duvet puis, se tournant sur le côté, il éteignit l'autre lanterne qui se trouvait près de son lit.

Il montrerait ainsi au colonel qu'il ne s'intéressait nullement à ce que pouvaient faire les Russes. Ne leur prêter aucune attention serait plus convaincant que tout ce qu'il pouvait dire.

Il se retourna et sentit alors quelque chose de chaud, de doux et de tremblant étendu près de lui.

Pendant une seconde, il demeura incrédule, ne pouvant croire à la réalité.

Puis il attira d'un geste brusque la jeune fille dans ses bras.

Un instant, il la serra contre lui et sa bouche se posa sur celle de Natacha.

7

Natacha n'eut d'abord conscience que de la dureté des lèvres de lord Athelstan contre les siennes.

Puis comme le baiser devenait plus doux et en même temps plus insistant, l'étonnement et la joie l'envahirent peu à peu.

Il resserra son étreinte, effleura de ses lèvres ses yeux, ses joues, son cou soyeux. Elle frémissait contre lui, sans crainte à présent, mais en proie à une étrange sensation toute nouvelle pour elle.

Une toux sèche de l'autre côté du rideau leur rappela subitement qu'un son, un murmure pouvaient les trahir. Ce danger sembla stimuler chez Natacha l'intensité des sensations qu'elle éprouvait.

Lord Athelstan baisa de nouveau ses lèvres, puis il écarta sa chemise de nuit pour poser sa bouche sur son épaule.

Maintenant il devenait tendre.

Elle le sentait caresser son cou; ni exigeant ni

possessif, il l'effleurait comme un homme poserait les doigts sur une fleur, jouissant d'en sentir le contact.

Jamais encore elle n'avait ainsi réagi de toute son âme et en même temps elle éprouvait un sentiment de sécurité.

Il la tenait contre lui, la protégeait. Elle était dans ses bras et elle avait l'impression que rien au monde ne pourrait plus l'atteindre.

Soudain une voix de l'autre côté du rideau les fit sursauter.

– Nous n'avons rien trouvé, mon colonel, dit un Russe.

– Vous en êtes sûr... tout à fait sûr?

– Nous avons fouillé tout le camp. Ce devait être une erreur!

– Peut-être, répliqua le colonel d'un ton dubitatif.

Il y eut le bruit de sa chaise qu'il repoussait pour se lever.

Lord Athelstan et Natacha, tous deux immobiles, écoutaient de toutes leurs oreilles.

– Nous allons partir, déclara le colonel.

– Pour Batoum?

– Non. Nous rentrons. Le maréchal voulait avoir mon rapport aussitôt que possible.

– Bien, mon colonel.

Ils entendirent le soldat sortir de la tente et donner un ordre à ceux qui attendaient dehors.

Le cliquetis des brides leur indiqua que les hommes se mettaient en selle.

Le colonel proféra une exclamation de dépit, puis sortit à son tour. On perçut le bruit des pas qui s'éloignaient.

Il dit quelque chose à Hawkins et, comme ils attendaient en retenant leur respiration, un clic-clac de sabots retentit : les chevaux partaient, d'abord au trot, puis plus loin passaient au galop.

Natacha eut l'impression d'être demeurée une éternité sans respirer.

Elle poussa un profond soupir de soulagement; lord Athelstan chercha alors ses lèvres et se remit à l'embrasser.

Il le fit si longuement qu'elle eut le sentiment que la tente, le camp, la campagne autour d'eux avaient sombré. Elle planait au-dessus des montagnes couronnées de neige; plus rien n'existait au monde et ils étaient seuls dans un paradis bien à eux.

Il releva enfin la tête.

– Ma chérie! Ma douce amie! dit-il d'une voix mal assurée. Une fois de plus nous nous en sommes tirés!

– Je savais que... je serais... en sécurité avec... toi! murmura-t-elle.

– J'avais peur... terriblement peur que tu ne comprennes pas ou que quelqu'un te voie sortir du camp.

– C'était beaucoup plus... facile de... venir... ici, répondit la jeune fille, et j'étais sûre que... tu me protégerais.

– Penses-tu que c'est ce que je fais en ce moment? demanda-t-il, une note d'amusement dans la voix.

Elle cacha son visage contre son épaule.

– Je... je ne savais pas qu'un baiser pouvait être... si... merveilleux!

– On ne t'a encore jamais embrassée?

– Non.

– Peut-être était-il écrit que je serais le premier. Moi non plus, je ne me doutais pas de ce qui m'attendait.

– Heureux?

– Parfaitement! Exactement ce dont j'avais toujours rêvé et que je n'avais jamais trouvé. (Ses lèvres effleurèrent les joues de Natacha comme pour s'assurer qu'elle était bien là, puis il dit :) Je voulais te voir ainsi, tes cheveux dénoués sur tes épaules.

Il les toucha en parlant et les sentit doux comme de la soie sous ses doigts, devinant qu'ils étaient très longs, qu'ils descendaient plus bas que sa taille.

Il en prit une poignée, les baisa, puis les écarta de son visage et couvrit de baisers ses lèvres et ses oreilles.

– Demain, je veux te regarder, dit-il. Je veux te voir en femme, non en homme! (Natacha ne répondit pas et au bout d'un instant il dit comme s'il se parlait à lui-même :) Cela paraît irréalisable, mais j'ai une idée de ce que nous devons faire.

– Quoi donc? questionna la jeune fille.

– Je te le dirai au matin. Maintenant il faut que je te laisse dormir.

– Est-ce que tu veux que... je retourne dans ma tente?

Lord Athelstan eut un petit rire.

– Penses-tu vraiment que je te laisserais partir? Non, ma chérie. Tu dois rester ici avec moi. Je ne veux pas te perdre. Je ne peux pas supporter que tu t'éloignes de moi.

Tous deux savaient le peu de temps dont ils disposaient pour demeurer ensemble, peut-être seulement trois jours, puis il leur faudrait se séparer à jamais.

Comme s'il était stimulé par la conscience du temps qui fuit lord Athelstan se remit à l'embrasser.

A présent ses lèvres étaient si exigeantes et passionnées que la jeune fille lui rendit ses baisers, tandis que son souffle s'accélérait et que son corps se pressait contre le sien.

– Je t'aime! dit-il.

Les mots semblaient avoir jailli malgré lui de sa bouche.

Elle resta un instant immobile, puis demanda :

– Est-ce... bien vrai? M'aimes-tu... réellement?

– Je t'ai aimée dès le premier instant où je t'ai vue et où je me suis dit que tu étais la plus belle personne que j'avais jamais rencontrée mais, quand tu as réagi avec cette brutalité contre moi, j'ai cru être violemment en colère; en réalité j'étais atterré et furieux de ce que tu avais l'intention de faire. (Il reprit après un court silence :) D'autre part, je pensais que tu me détestais.

– Je le pensais aussi, admit Natacha. Je désirais te voir faire ce que je voulais et parce que tu t'y refusais je me persuadais que tu étais un Anglais stupide, insensible. Mais...

Elle s'interrompit.

– Mais quoi? répéta lord Athelstan.

– Je me suis aperçue que je me languissais de toi, que tu me manquais, que je... t'aimais.

– Oh, mon amour, ma petite chérie! s'écria-t-il; il l'embrassa de nouveau et le monde s'anéantit autour d'eux.

– Tu ressembles à un aigle, murmura-t-elle d'une voix grave.

– Pourquoi dis-tu cela?

– Tu es si impérieux... omnipotent... tu planes au-dessus des autres.

– J'aimerais être ainsi.

Il se rappela ce moment où il s'était tenu à la fenêtre du palais.

– L'aigle est le roi des oiseaux, dit-elle tout bas.

– Et il risque de se sentir bien solitaire à moins d'avoir un autre aigle avec lui – celui qu'il aime!

– J'ai l'impression quand tu m'embrasses que... tu m'emportes loin du monde... dans... un ciel infini.

– Dieu sait que je le souhaite. Ne puis-je vraiment t'amener à tout oublier?

En parlant, il posa sa bouche sur celle de Natacha.

Elle lui passa le bras autour du cou et l'attira contre elle; elle eut alors l'impression qu'ils étaient désormais un seul être que rien ne pouvait les séparer.

Natacha avait dû sommeiller un peu avant l'aube; quand elle ouvrit les yeux, elle vit dans la faible clarté qui avait filtré sous la tente lord Athelstan debout et presque habillé.

– Où vas-tu? demanda-t-elle. Il doit être très tôt.

– Je veux voir Hawkins, mais reste où tu es. Je reviens tout de suite.

Il enfila son manteau, jeta un bref coup d'œil à la glace posée sur sa coiffeuse de voyage et passa de l'autre côté du rideau.

Natacha se laissa retomber sur les oreillers.

« Existe-t-il quelqu'un d'aussi beau, d'aussi séduisant, d'aussi merveilleux? » songea-t-elle.

Elle se trouvait à court de mots pour le décrire.

Tout ce qu'elle savait, c'est que son amour pour lui la faisait réagir comme une fleur qui se tourne vers le soleil. C'était incroyable d'avoir passé la nuit dans ses bras.

Pourtant, en réfléchissant aux événements qui l'avaient conduit à se cacher dans le lit de lord Athelstan, elle comprit que tout s'était enchaîné inévitablement comme une sorte de fatalité.

Mais elle n'avait jamais imaginé dans ses rêves les plus secrets que l'amour puisse apparaître si rapidement et avec autant d'intensité.

Elisabeth lui avait décrit ses sentiments pour Ellico, mais il s'agissait d'une émotion juvénile en comparaison de ce qu'elle éprouvait à l'égard de lord Athelstan.

Son attachement pour lui avait une profondeur et

une sincérité qui dépassaient tout ce qu'elle avait envisagé. Il ne s'agissait pas de l'amour romanesque d'une jeune fille pour un bel homme, mais d'un lien fondamental qui faisait tellement partie de tout son être qu'elle avait la certitude qu'ils s'appartenaient l'un à l'autre non seulement dans cette vie, mais à jamais.

Tout le côté slave et mystique de Natacha s'exaltait parce qu'elle aimait lord Athelstan, au point de vouloir mettre son cœur et son âme à ses pieds.

C'était l'amour tel qu'il devait être, non pas les coquetteries déployées dans une salle de bal, mais un amour pur, primitif dans sa passion.

Un amour qui coulait dans ses veines et auquel elle ne pouvait échapper.

Elle resta étendue à songer à lord Athelstan si longtemps que le soleil levant avait peu à peu embrasé l'intérieur de la tente d'une lueur dorée.

Quand il tira le rideau pour rentrer, Natacha eut l'impression de le voir auréolé de gloire.

Elle avait le visage tourné vers lui, ses yeux noirs paraissaient énormes et reflétaient sa joie, ses cheveux déferlaient sur ses épaules blanches.

– Tu es ravissante! s'exclama-t-il. Voilà comment je voulais te voir!

Il la contempla, s'apercevant que la veille, quand elle était partie se coucher, elle avait enlevé la poudre et la crème bistres dont elle se fardait pour se déguiser en prince indien.

Elle avait à présent le teint très clair et sa peau était translucide comme une perle nacrée.

Elle était maigre mais sa poitrine dessinait une courbe sous le tissu souple de sa chemise de nuit et, quand elle souriait, tout son visage rayonnait.

Il la dévisagea tant et si bien qu'elle baissa les yeux et murmura :

– Tu... m'intimides.

– Je t'adore quand tu es timide et permets-moi de te redire, ma bien-aimée, que je te préfère de beaucoup en femme.

– Mais je dois continuer à me déguiser, dit-elle, se sentant frissonner à l'intonation de sa voix.

– Je ne le permettrai pas, répliqua-t-il. Je veux te voir telle que tu es!

Elle leva les yeux d'un air interrogateur. Il s'assit près d'elle sur le matelas et prit sa main dans la sienne.

– J'ai bien l'intention de t'avoir à moi... et en femme.

– Comment est-ce possible?

– J'ai donné ordre à Hawkins de se rendre immédiatement à Batoum avec le gros des bagages et de louer pour notre usage exclusif un bateau dont l'équipage ne soit ni russe ni turc. Il y a toujours des bateaux de toutes les nations qui viennent à Batoum. Il ne devrait pas avoir de mal à en trouver un. (Il s'interrompit pour porter les mains de la jeune fille à ses lèvres, puis reprit :) Il n'a laissé avec nous que peu d'hommes d'une parfaite discrétion, à qui il sait pouvoir se fier. Il congédiera les autres au port et ils retourneront chez eux. Hawkins va aussi t'envoyer une voiture. Tu monteras à bord du bateau sous ton apparence féminine que tu conserveras jusqu'à... notre arrivée à Constantinople.

Il avait prononcé le nom redouté et, pendant un instant, ils restèrent silencieux tous les deux. Puis il dit vivement, comme s'il ne pouvait supporter la pensée de ce qui les attendait dans cette ville :

– Va t'habiller. As-tu quelque chose à te mettre en dehors de ton costume de prince?

– Oui, j'ai une robe dans mes bagages.

Lord Athelstan se pencha et la prit dans ses bras.

Il l'embrassa avec douceur, puis se leva.

– Le petit déjeuner sera prêt en même temps que toi, dit-il.

Elle sortit de la tente comme elle s'y était introduite la nuit précédente, en se glissant sous la toile.

Dans sa tente personnelle, elle vit que Hawkins avait fait apporter de l'eau pour sa toilette. Elle déballa le paquet roulé qu'elle avait apporté de Dargo-Vedin.

Le petit déjeuner était servi et une bonne odeur de café se faisait sentir, quand Natacha vint rejoindre lord Athelstan.

Il leva les yeux et eut la surprise de voir qu'elle portait le costume des femmes de la haute société du Daghestan.

Elle avait revêtu une tunique serrée à la taille et très ample en bas, aux larges manches longues, fermée par des brandebourgs en galons d'argent, sur un pantalon de soie à ramages.

Autour de sa tête, elle avait fixé un voile de fine mousseline et un mouchoir de soie de couleur qui mettait en valeur ses cheveux noirs et sa peau blanche.

Elle était très belle, et toute souriante devant la surprise de lord Athelstan.

– Aminette, la plus jeune femme de Shamyl, m'a donné ce costume pour le mettre quand je n'aurais plus besoin de me déguiser, expliqua-t-elle.

– Tu es éblouissante, dit lord Athelstan, et elle lut l'admiration dans ses yeux.

Natacha prit place à la table du petit déjeuner et les domestiques vinrent apporter les plats chauds.

Bien stylés, ils ne manifestèrent aucune surprise en la voyant. Lord Athelstan ne put s'empêcher de se demander combien d'entre eux, en dehors de Hawkins, savaient que le prince radjpoute était une femme.

Hawkins n'avait effectivement exprimé aucun étonnement lorsque lord Athelstan lui avait dit le matin même qu'il voyageait avec une dame.

Le fait n'avait rien en soi d'extraordinaire. Mais, la veille au soir, en entendant lord Athelstan dire au colonel que le prince Akbar les avait quittés à Tiflis, Hawkins avait dû se douter qu'il y avait une raison à ce mensonge.

Hawkins était avec lui depuis très longtemps et était trop bien stylé pour faire autre chose que de se conformer aux ordres.

La confiance entre lord Athelstan et Hawkins était totale et réciproque.

Après avoir parcouru ensemble tant de kilomètres dans des pays si différents, il existait entre eux une solidarité qui ne pouvait s'exprimer en termes de maître et serviteur.

Ils étaient pour ainsi dire associés et lord Athelstan se rendait bien compte que sans Hawkins sa vie deviendrait beaucoup plus difficile.

Après le petit déjeuner, Hawkins revint au galop avec une assurance laissant prévoir le succès total de sa mission.

Lord Athelstan connaissait Hawkins parfaitement et il voyait tout de suite, à la légère désinvolture de sa démarche ou à l'éclair de triomphe dans ses yeux, qu'il avait mené à bien son entreprise.

Mais Hawkins avait un maintien calme et respectueux en approchant de la tente.

– Eh bien, demanda lord Athelstan, qu'as-tu trouvé?

– Je crois que c'est exactement ce dont Votre Seigneurie a besoin, un yacht grec, le *Corinthe,* très luxueux et extrêmement confortable. (Hawkins marqua un temps pour laisser lord Athelstan apprécier toute la signification de ses paroles avant de continuer :) Le propriétaire est parti pour Moscou, M'lord, et le capitaine est ravi de vous louer le yacht pour une somme très raisonnable, me semble-t-il.

– Tu as mis les bagages à bord, j'imagine? dit lord Athelstan.

Il savait qu'étant donné les circonstances Hawkins estimerait tout à fait inutile de demander sa permission.

– Oui, M'lord, et la voiture pour madame devrait être ici dans un quart d'heure.

– Merci, Hawkins. Les hommes ont été contents de ce que tu leur as donné?

– Ravis, M'lord. J'espère seulement que les prostituées de Batoum ne leur prendront pas tout avant leur retour chez eux.

– Ils semblaient pleins de bon sens, objecta lord Athelstan.

– Le voyage a été long, M'lord, et sans compagnie féminine.

Hawkins n'attendit pas la réponse de son maître et s'éloigna pour commencer à emballer ce qui restait du camp.

Lord Athelstan regarda Natacha et sourit.

– Comme le dit Hawkins, le voyage a été long, observa-t-il à mi-voix.

– Mais maintenant tu as... de la compagnie.

Leurs regards se rencontrèrent et elle comprit que ni l'un ni l'autre n'avaient besoin d'exprimer leur amour par des mots.

Elle n'avait encore jamais vu cette expression dans les yeux de lord Athelstan; elle transformait son visage; la froideur qui lui donnait parfois un air trop réservé, avait complètement disparu.

A présent, il semblait beaucoup plus jeune et plein d'entrain. Cela ajoutait à son charme et le rendait, songea la jeune fille, absolument irrésistible.

Elle ne savait pas combien elle-même était jolie, avec ses grands yeux emplis de joie et ses lèvres entrouvertes.

– Tu es ravissante, dit lord Athelstan, mais je n'aime pas te voir porter des vêtements qui viennent du Daghestan. Dans mes bagages, il y a des effets qui m'ont été donnés par le shah et je vais demander à Hawkins de les chercher. Je veux que tu les mettes.

– Je mettrai ce que tu voudras.

Au même moment, Natacha entendit approcher la voiture. Ils regardèrent au-dehors et virent un véhicule fermé tiré par deux chevaux arrivant sur la route poussiéreuse qui conduisait à Batoum.

La voiture fit demi-tour devant la tente. Hawkins et les hommes étaient en train d'arrimer la tente de Natacha et les bagages de lord Athelstan sur le dos des chevaux de bât restants.

– Partez devant, M'lord, dit Hawkins à lord Athelstan. Je vous rejoindrai au bateau. Il ne faudra pas longtemps pour démonter votre tente.

– Merci, Hawkins.

Lord Athelstan aida la jeune fille à monter en voiture.

Le cocher fouetta les chevaux et ils s'éloignèrent, cahotant légèrement sur la surface inégale de la route.

Lord Athelstan prit la main de Natacha dans la sienne.

– Cela te semble-t-il toujours une aventure? demanda-t-il.

– Une aventure passionnante. C'était très astucieux de ta part de penser à louer un bateau dont les marins ne seraient ni russes ni turcs.

– Je voulais être seul avec toi, sans avoir à redouter les regards fureteurs ou les langues cancanières.

– Je le souhaitais aussi, dit-elle. C'est seulement

maintenant que c'est fini que je me rends compte à quel point j'ai eu peur d'éveiller les soupçons par mes faits et gestes. (Lord Athelstan sourit et elle continua :) J'ai la chair de poule parfois à la pensée d'avoir failli me trahir lorsque nous étions au palais et la nuit dernière, quand ce colonel russe est venu, j'ai cru que nous étions perdus. (Les doigts de lord Athelstan serrèrent plus étroitement les siens tandis qu'elle reprenait :) Tu as été très habile avec lui. Pas une fois tu n'as menti et pourtant tu l'as convaincu qu'il se trompait!

– Mentir sans nécessité est toujours imprudent, remarqua lord Athelstan.

Il parlait distraitement, comme s'il pensait à autre chose. Natacha glissa soudain son bras sous le sien et appuya la tête contre son épaule.

– Si seulement notre bateau pouvait nous emporter au bout du monde! dit-elle.

– Imaginons pour le moment que c'est ce qui va arriver, répliqua lord Athelstan. Il ne faut pas gâcher le temps que nous avons à passer ensemble en nous tracassant pour l'avenir.

C'était la voix de la raison, songea Natacha, mais quelque précieuse que fût chaque seconde vécue avec lui, elle gardait toujours en tête la terrifiante pensée que cette seconde ne reviendrait plus.

Le temps fuyait inexorablement.

C'était inexprimable, pourtant, de savoir qu'elle était près de lui, de sentir sa main tenir la sienne.

Ils arrivèrent à Batoum et se rendirent sur le quai. Ils reconnurent facilement le *Corinthe* car il avait l'air infiniment plus élégant, plus luxueux et plus somptueux que tous les autres bateaux.

Le capitaine les attendait pour leur souhaiter la bienvenue à bord et quand ils inspectèrent le navire, lord Athelstan et Natacha en furent enchantés.

De construction assez récente, il avait une machinerie dernier modèle, ainsi que deux mâts. Les cabines étaient aménagées avec un goût parfait.

Deux cabines de maître se trouvaient situées côte à côte et, ce qui était fort rare, une salle de bains attenante à chacune.

Natacha choisit celle qui avait des parois vert jade et un lit drapé de soie corail.

L'ensemble était si joli qu'elle se récria d'admiration et le capitaine déclara :

– Ma propriétaire, qui est très belle, est connue pour avoir le goût le plus exquis d'Athènes. Elle a dessiné elle-même l'aménagement intérieur du *Corinthe.*

– C'est vraiment très réussi, dit Natacha.

Le capitaine fut visiblement content de son compliment.

La deuxième cabine de maître avait un aspect plus masculin. Le salon, blanc et or, contenait des canapés profonds recouverts de brocart et des miroirs dorés qui réfléchissaient la clarté provenant des hublots.

– C'est enchanteur! s'écria Natacha quand le capitaine les eut laissés seuls.

– Comme toi! répliqua lord Athelstan en ouvrant les bras.

Elle courut à lui et il l'embrassa comme s'ils avaient été longtemps séparés et qu'elle lui eût manqué de façon insupportable.

– Chérie! Chérie! murmura-t-il. Comment te dire ce que je ressens?

– Je crois que je comprends parce que, quand je suis dans tes bras, c'est pour moi tout le bonheur du monde.

– C'est vrai?

– Tu le sais bien...

Il la serra plus fort encore, l'embrassa jusqu'à ce que

ses lèvres deviennent pourpres et brûlantes et que ses yeux brillent comme des étoiles.

Ils se séparèrent seulement parce que Hawkins était monté à bord du *Corinthe* et que la machine s'était mise en marche.

Les heures s'écoulaient avec une rapidité presque incroyable tant il y avait à dire.

La nourriture grecque était délicieuse. Le cuisinier avait acheté des provisions fraîches à Batoum et le propriétaire du yacht s'était constitué une bonne cave.

Natacha savait à peine ce qu'elle mangeait ou buvait. Elle trouvait à tout le goût de nectar et d'ambroisie parce qu'elle était en compagnie de lord Athelstan.

Tout paraissait transfiguré et à chaque seconde qu'ils passaient ensemble, son amour pour lui semblait augmenter d'intensité et d'ardeur.

Sur les instructions de lord Athelstan, Hawkins déballa les cadeaux du shah rapportés de Téhéran.

Natacha découvrit les plus ravissants caftans de brocart, lamé et gaze, certains ornés de pierres précieuses et d'autres doublés de zibeline.

Il y avait des écharpes et des voiles brodés de véritables fils d'or et d'argent, des ceintures et des babouches étincelantes de pierreries de toutes les couleurs.

Lorsqu'elle entra dans le salon avant le dîner, Natacha était vêtue d'un caftan de soie incarnat garni de turquoises et de perles.

Ses cheveux lui tombaient dans le dos bien au-dessous de la taille et elle portait une guirlande de turquoises et de perles assorties à celles de son caftan.

Ses pieds étaient chaussés de sandales brodées dont la pointe était légèrement relevée.

Elle s'arrêta sur le seuil de la pièce, attendant la réaction de lord Athelstan.

– Tu as l'air de sortir d'un conte de fées, dit-il. Tu es la plus belle et la reine de mon cœur!

Natacha eut un petit rire joyeux et traversa la pièce en courant vers lui.

Il la tint serrée un instant et lui baisa le front.

– J'ai peur que tu disparaisses, dit-il. J'ai l'impression que tu appartiens à un antique manuscrit persan plutôt qu'au monde moderne.

– Comment t'y es-tu pris pour avoir de si jolis vêtements à me prêter? questionna-t-elle.

– Le shah était certain que si je n'avais pas d'épouse pour les porter, j'avais au moins une douzaine de maîtresses qui apprécieraient ces cadeaux.

– Et... tu en as?

Il secoua la tête.

– Pas une! Il n'y a personne dans ma vie excepté toi.

– Et je... j'aimerais être ta... ta maîtresse, murmura la jeune fille.

Il l'attira vers un des canapés et s'assit à côté d'elle.

– Penses-tu vraiment que c'est ce que je veux de toi? Natacha, veux-tu m'épouser? demanda-t-il. (Elle se tourna pour le regarder, tandis qu'il continuait :) Jamais, et c'est la vérité, ma chérie, jamais je n'ai demandé à une femme d'être mon épouse. Je n'en ai encore jamais rencontré une avec qui je sentais que je pourrais être heureux ou qui pourrait prendre la place de ma mère. (Il ajouta après un petit silence :) Jusqu'à ce que je t'ai trouvée!

Natacha le dévisagea, puis se leva d'un bond.

– Je t'en prie! Je t'en prie! supplia-t-elle. Ne... ne me demande pas cela. Tu connais ma réponse! Je ne peux pas... supporter... de la prononcer.

– Mon petit cœur, essaie d'être raisonnable. Comment serait-ce possible que je te laisse aller à la mort maintenant que nous nous aimons?

– Il le faut! Ne le comprends-tu pas? Il le faut.

Elle se retourna vers lui et il vit que ses yeux étaient pleins de larmes.

– Je t'aime! Je t'aime... passionnément, de... toutes les fibres de mon corps, à... chaque instant où je respire. (Sa voix s'étrangla mais avant qu'il ait ouvert la bouche elle poursuivit :) Mais crois-tu que notre amour resterait aussi beau ou que nous réussirions à être heureux si notre union était bâtie sur... le déshonneur? Si le prix à payer pour... rester ensemble... était la liberté de mon frère?

Lord Athelstan poussa un profond soupir et se pencha en avant, les yeux fixés sur le sol comme s'il ne se sentait plus la force de la regarder. Natacha courut s'agenouiller auprès de lui.

– Soyons heureux! Je t'en prie, soyons-le pendant ces heures et ces jours où nous pouvons être ensemble, dit-elle. Si nous nous torturons, cela ne fera que gâcher nos souvenirs et peut-être nuire à la perfection de notre amour.

En le suppliant, elle avait posé la main sur son genou et les doigts de Lord Athelstan se refermèrent sur les siens avec violence.

– Tu as raison, dit-il avec effort. J'essaierai d'oublier l'avenir, d'oublier mon immense désir de t'épouser. Mais ce ne sera pas facile.

– Pour... moi aussi... ce sera dur.

Elle haussa son visage jusqu'au sien et il l'embrassa, mais sans passion. On aurait dit que déjà les ténèbres de l'avenir s'étendaient sur eux.

Pendant le dîner, lord Athelstan se força à distraire et intéresser Natacha et, se stimulant l'un l'autre, tout se passa plus aisément qu'ils ne l'avaient craint.

Le cuisinier avait préparé un repas qui était un véritable chef-d'œuvre.

Ils montèrent ensuite sur le pont où ils trouvèrent une tiède nuit étoilée et une mer aux eaux calmes où leur sillage creusait des ondulations phosphorescentes.

C'était une nuit romantique, et ils restèrent longtemps sous les étoiles avant que lord Athelstan n'entraîne Natacha en bas vers leurs cabines.

Elle se déshabilla et se mit au lit, certaine qu'il viendrait vers elle, bien que le cadre fût très différent de celui de la nuit précédente.

Lorsqu'il ouvrit la porte de sa cabine, elle l'attendait. Impulsivement, elle lui tendit les bras.

Il s'assit en face d'elle, puis prit ses deux mains dans les siennes et baisa l'un après l'autre ses doigts fuselés.

Ses lèvres s'attardèrent sur ses paumes soyeuses, puis sur les petites veines bleues de ses poignets.

– Je t'aime, dit-il de sa voix grave.

Elle se sentit vibrer à l'unisson de cette voix comme si c'était une musique.

Il reprit :

– Ecoute, ma chérie, j'ai quelque chose à te dire.

– Quoi donc? demanda-t-elle avec appréhension.

– Rien d'effrayant, répliqua-t-il vivement. Je voulais simplement te dire que je suis incapable de te laisser seule alors que nous avons si peu de temps à passer ensemble. Je resterai avec toi, je te tiendrai dans mes bras comme la nuit dernière. Mais je ne ferai pas de toi ma maîtresse comme cela aurait dû être. (Il soupira :) Tu entreras au sérail telle que tu es.

Les doigts de Natacha se crispèrent sur les siens.

– Mais je veux être à toi! Je... je veux t'appartenir... avec mon corps comme je t'appartiens déjà par l'âme et l'esprit.

Il secoua la tête.

– Crois-tu que je pourrais me regarder en face, en sachant que tu éprouves la moindre souffrance parce que tu te serais laissée séduire par moi?

« C'est facile à dire », songea Natacha.

Mais il y eut des moments durant la nuit où elle crut que la passion amoureuse qui les animait aurait raison de la maîtrise de lord Athelstan et qu'il ne résisterait pas.

A un moment donné, il enroula les longues boucles de sa chevelure autour de son cou et dit d'une voix rauque :

– Vais-je t'étrangler, mon trésor, afin qu'aucun homme ne jette plus jamais les yeux sur toi et n'ait l'audace de te toucher?

Natacha comprit qu'il était presque arrivé à la limite de sa résistance et, parce qu'elle l'aimait inexprimablement, elle répliqua :

– Aucun autre que toi ne... me touchera... je le jure!

– Comment supporter l'idée de ta mort?

– N'y pense pas, supplia-t-elle. Sache seulement que notre amour durera éternellement. Même si nous ne pouvons pas nous voir, je ne cesserai pas de t'aimer! Je serai toujours quelque part à t'attendre jusqu'à ce que nous soyons réunis.

– C'est... maintenant que je te veux! s'écria-t-il farouchement.

Puis il baisa follement, passionnément ses lèvres, son cou, sa poitrine tant et si bien qu'elle perdit la notion de tout sauf de sa fougue ardente qui menaçait de les consumer tous les deux.

– Je te veux! Je te veux! Tu es à moi... à moi aux yeux de Dieu, s'écria-t-il.

Mais la maîtrise de soi qu'il avait pratiquée toute sa vie lui fut d'un grand secours; il se calma et devint doux et tendre, tenant Natacha serrée contre lui jusqu'à ce qu'elle dorme sur son épaule.

Quand elle s'éveilla, fâchée contre elle-même d'avoir perdu conscience pendant une partie du temps précieux qui leur était imparti, elle découvrit qu'il avait toujours les yeux ouverts.

Il la contemplait avec une expression qui adoucissait tous ses traits.

– Je... rêvais de toi... et... tu étais là... tout le temps! dit Natacha d'une voix ensommeillée.

– Tu es très belle quand tu dors.

– Je veux être belle pour toi.

– Tu l'es. D'ailleurs peu importe ton apparence. Je sais que notre amour a quelque chose de si spirituel, de si parfait, qu'il ne dépend de rien de matériel... pas même de la beauté!

« C'est vrai », songea Natacha. Elle l'aimerait estropié ou même contrefait.

Elle l'aimerait malade ou incapable de parler et de lui dire combien elle comptait pour lui.

– Nous avons tant de chance... une chance si merveilleuse, dit-elle, de nous être rencontrés. Que ce soit pour peu de temps ou pour longtemps, nous savons que nous nous complétons; nous ne sommes plus deux personnes... mais une seule!

– Tu as raison!

Il baisa sa bouche lentement et longuement.

Puis ses bras resserrèrent leur étreinte et elle eut l'impression qu'il aspirait non seulement son cœur mais aussi son âme même.

– Tu es à moi, s'écria-t-il. A moi jusqu'à la fin du monde... à moi pour l'éternité!

8

Ils passèrent deux jours et trois nuits ensemble pendant lesquels ils vécurent dans un autre monde.

Ils furent heureux comme peu de gens ont le privilège de l'être et le miracle de leur amour brillait en eux comme une lumière, métamorphosant leurs visages, les rendant à peine reconnaissables même l'un pour l'autre.

Aucune difficulté ne s'élevait entre eux, ni bouderies d'amoureux, ni froissements, ni irritation. Seuls comptaient l'enchantement d'être ensemble et un amour qui augmentait d'heure en heure.

Toutefois la décision de lord Athelstan de ne pas faire de Natacha sa maîtresse fut parfois pénible à respecter.

Un soir, après le dîner, assis dans le salon, il lui parlait de ses voyages et des gens intéressants qu'il avait rencontrés quand elle lui demanda :

– Dans ces pays n'y avait-il pas beaucoup de femmes que tu as aimées et qui t'ont aimé?

– Beaucoup, oui, mais l'amour, comme tu le sais bien, ma chérie, c'est tout autre chose.

– Vraiment?

Il l'enlaça et la serra contre lui. Puis il lui releva le menton et trouva ses lèvres. (Il l'embrassa lentement et ardemment avant de dire à mi-voix :) Voilà l'amour! Je ne pourrais pas t'aimer davantage que je ne le fais en ce moment.

– En es-tu sûr? demanda-t-elle, à demi taquine.

Il l'embrassa de nouveau jusqu'à ce que son corps entier réagisse et qu'une flamme passionnée brille dans ses yeux.

– Est-ce que cela répond à ta question?

– Pas complètement. Peut-être as-tu éprouvé la même chose pour d'autres femmes, puis tu t'es aperçu en partant pour une autre ville que ce n'était qu'un souvenir, un fantôme que tu avais laissé derrière toi.

En réalité elle disait cela uniquement pour le provoquer car elle voulait l'entendre lui redire encore combien il l'aimait. Seulement il la prit au sérieux.

– Comment peux-tu poser des questions pareilles? s'exclama-t-il. Comment peux-tu croire un seul instant que ce que nous ressentons l'un pour l'autre est comparable à ce que j'ai éprouvé pour d'autres femmes, ou que je t'oublie jamais?

Sa bouche se fit plus passionnée, plus exigeante, presque violente. Il releva la tête pour demander :

– Dis-moi que tu m'aimes! Je veux te l'entendre dire, je veux être absolument sûr que tu ne pourras jamais ressentir pour quelqu'un d'autre ce que tu ressens pour moi!

– Pourquoi ne veux-tu pas... me laisser te prouver que... mon amour est plus fort que... n'importe quoi au monde? dit-elle tout bas. Plus fort que... la peur... que la vie? (Elle passa les bras autour de son cou et reprit :) Aime-moi, mon chéri! Fais-moi tienne! Que je t'appartienne juste une fois... afin que nous sachions tous deux que notre amour est parfait et que Dieu nous a destinés l'un à l'autre.

Ses paroles eurent l'effet du vent sur un incendie qui couve. Lord Athelstan l'embrassa et elle perdit la notion du reste du monde.

Puis il dit d'une voix grave, brûlante de passion :

– Je te désire et mon corps soupire après le tien au point que c'est une torture de te toucher et de ne pas te faire mienne... (Il contempla ses paupières alourdies par la passion et ses lèvres si douces.) ...mais parce que je t'aime, parce que mon amour est plus fort même que le désir humain, je te laisserai telle que tu es, intacte et parfaite, la femme que je révère!

Il la dévisagea longuement. Puis il se leva et sortit du salon, et elle comprit qu'il s'était rendu sur le pont en quête de la fraîcheur nocturne.

Un certain temps s'était écoulé quand il revint auprès d'elle.

Natacha s'était couchée et l'attendait avec quelque appréhension, l'air fragile sur les oreillers blancs, sa chevelure noire retombant sur les draps.

Il entra dans la cabine et s'arrêta pour la contempler. Puis il s'approcha et porta sa main à ses lèvres.

– Pardonne-moi, ma chérie, mais tu me mets à trop rude épreuve. Je ne suis qu'un homme.

– L'homme le plus merveilleux du monde, dit-elle avec douceur.

– Tu comprends?

– Je te respecte et je t'adore. Pardonne-moi d'être si faible. Je n'ai pas... ta maîtrise.

Cette nuit-là, comme ils étaient étendus côte à côte en bavardant sous la clarté des étoiles qui entrait par les hublots dont ils n'avaient pas fermé les rideaux, Natacha sut qu'ils étaient spirituellement plus près l'un de l'autre qu'ils ne l'avaient jamais été.

Cela ne les empêchait pas d'être tous deux vivement conscients que Constantinople se rapprochait de plus en plus.

Natacha priait pour qu'une tempête retarde leur arrivée, mais la surface de la mer Noire demeurait sans nulle ride.

Puis, dans les premiers rayons du soleil matinal, elle aperçut Constantinople se profilant à l'horizon.

Des milliers de coupoles et de minarets s'illuminaient de reflets d'or au soleil.

Il y avait un trafic intense sur la mer où galères, mahonnes, navires de guerre, vaisseaux de toutes sortes convergeaient vers le port ou en sortaient.

Le *Corinthe* s'amarra le long d'un quai. Natacha savait que lord Athelstan avait fait ses plans pour qu'ils puissent rester ensemble jusqu'au tout dernier moment.

Il donna ordre à Hawkins d'installer sa tente qui arborait le pavillon anglais, l'*Union Jack,* près du bassin.

Elle se trouvait ainsi à l'écart de la partie grouillante de monde du port; la ville s'élevait juste au-dessus d'eux. Au sud, Natacha aperçut le palais royal bâti sur son promontoire face à l'Asie, de l'autre côté du détroit.

Il paraissait immense et l'on voyait les toits non seulement du palais mais aussi des casernes, des écuries, des cuisines, de la prison, des salles de torture, de la salle de la circoncision, sans oublier les jardins d'agrément et les mosquées, le tout abritant des milliers d'âmes au service du sultan.

On distinguait des cyprès noirs et quelque peu menaçants à l'extérieur des murailles crénelées et, pour Natacha, ils donnaient l'impression de sinistres sentinelles.

Elle ne monta pas sur le pont mais resta devant le hublot de sa cabine à regarder au-dehors, consciente de devoir bientôt dire adieu à lord Athelstan.

Elle se demandait si elle aurait la force de le quitter. Elle savait que lui aussi redoutait l'instant de la séparation où il serait contraint de la voir emportée loin de lui dans un palanquin.

Hawkins avait déniché un navire de guerre anglais à une courte distance du *Corinthe*, non pas amarré au quai mais ancré sur le fleuve, les marins faisant la navette en canot entre leur bateau et la terre.

Sur l'ordre de lord Athelstan, Hawkins se rendit à bord du « navire de Sa Majesté » *Victorious* et revint dire que le capitaine serait très honoré d'emmener lord Athelstan en Angleterre.

Une seule difficulté : ils étaient en retard sur leur horaire et le capitaine désirait prendre la mer aussitôt qu'il serait possible à Sa Seigneurie de monter à bord.

Ce message aida lord Athelstan à prendre la décision de commencer les démarches pour faire entrer Natacha au sérail.

« A quoi bon, se dit-il, prolonger nos souffrances puisque nous savons qu'en fin de compte nous devons nous séparer? »

Mieux valait trancher net que traîner en longueur, en se torturant au point de devoir subir une intolérable agonie.

Jusqu'au dernier moment, il avait espéré garder avec lui Natacha parce que les otages n'auraient pas été libérés. Mais Hawkins était allé en ville et en avait rapporté deux nouvelles.

A son expression, lord Athelstan avait compris que les informations n'étaient pas bonnes.

– J'ai appris dans les bazars, M'lord, la mort de Sa Majesté Impériale le tsar.

– Mort? s'exclama lord Athelstan.

– Oui, M'lord, mais les Russes, je crois, ne le pleurent qu'officiellement. Un grand nombre d'entre eux sont contents de voir cesser ses cruautés.

Lord Athelstan attendit. Il sentait que Hawkins avait encore autre chose à lui annoncer.

– Les otages ont été échangés, M'lord. (Lord Athelstan ne dit rien et Hawkins ajouta à mi-voix :) J'ai remis au sérail le message de Votre Seigneurie.

Peu après trois cavaliers de la garde du sultan arrivèrent au yacht et informèrent lord Athelstan que le calife Abdul Aziz saluait le représentant de Sa Majesté britannique, la reine Victoria, et remerciait lord Athelstan d'avoir eu la courtoisie de lui amener un présent de Shamyl, iman du Daghestan.

– Un palanquin avec une escorte prendra la dame en question d'ici une heure, s'entendit dire le diplomate anglais. En attendant, nous vous avons apporté les vêtements qu'elle doit revêtir avant d'entrer au sérail.

Ils lui remirent un coffre peint, décoré d'une manière exquise, avec une serrure et des charnières dorées.

Lorsque Natacha l'ouvrit dans sa cabine, elle se rendit compte de la façon dont elle serait habillée, une fois prisonnière dans le harem.

Elle abandonna son caftan pour le *chalvari,* un ample pantalon cramoisi qui dépassait sous la tunique en damas doré aux larges manches balayant presque le sol.

Cette tunique était boutonnée par des topazes et comportait une large ceinture en pierres précieuses au fermoir composé de gros diamants. Très décolletée, cette *entari,* comme on l'appelait, laissait voir le voile transparent d'une chemise.

Natacha découvrit dans le coffre des bracelets incrustés de pierres précieuses et des diamants montés sur de très fines chaînes d'or, tenant lieu de diadème.

A chaque mouvement, les pierres étincelaient au soleil.

Pour orner sa chevelure, il y avait également une grande aigrette fixée par une broche et ayant la forme d'un bouquet de fleurs faites de rubis, émeraudes, diamants et perles.

Par-dessus, elle posa un voile en mousseline – le traditionnel *yachmak* – qui devait être fixé devant son visage pour le cacher entièrement ne laissant apparaître que les yeux.

Quand elle fut prête, elle attendit dans sa cabine. Elle semblait privée de tout sentiment, elle était trop accablée pour ressentir autre chose qu'un profond désespoir.

La porte s'ouvrit et lord Athelstan s'avança vers elle. Elle se retourna et leurs regards furent plus expressifs que les paroles qu'ils auraient pu échanger.

Ils avaient parlé toute la nuit, serrés dans les bras l'un de l'autre. Maintenant il ne restait plus rien à dire.

Lord Athelstan détourna les yeux.

– J'ai pris des dispositions pour qu'on vienne te chercher à la tente. Nous serons ainsi sur le sol britannique. Le canot du *Victorious* m'attendra et quand tu t'éloigneras je partirai moi aussi. Je n'ai pas la force de te regarder t'en aller. (Il y avait tant de chagrin dans sa voix que Natacha fut tentée de le serrer dans ses bras.) Tout a été embarqué, continua-t-il, à l'exception de la tente et du tapis sur lequel nous nous tiendrons.

– Quand...? demanda Natacha, les lèvres sèches.

– Hawkins nous préviendra dès que le cortège venant du sérail sera signalé. Nous devrons alors quitter le yacht.

Natacha jeta un coup d'œil circulaire dans la cabine.

– Nous avons été si... heureux ici. (Lord Athelstan resta silencieux et elle ajouta :) Tu prendras soin de toi, mon chéri? Souviens-toi... où que tu sois... tu... m'appartiens toujours!

– Penses-tu que je pourrais jamais l'oublier? Tu seras toujours dans mon cœur.

– Je... je ne veux pas que tu te sentes.... lié, dit-elle. Il faut te marier et... avoir des enfants... un héritier à qui transmettre ta...

– Comment peux-tu penser que je pourrais épouser quelqu'un d'autre? protesta-t-il.

– Nous avons vécu un rêve, répliqua la jeune fille. Un rêve si merveilleux... trop parfait pour que... ce soit la réalité. Tu dois continuer à vivre dans ce monde, mon bien-aimé. Tu as du travail à accomplir et tu... ne dois pas décevoir ceux qui comptent sur toi... pour diriger.

Lord Athelstan soupira.

– Ce que tu me demandes est impossible! Un homme entré un jour au paradis peut-il endurer pour le reste de sa vie les supplices de l'enfer?

– Tu as toujours été... courageux, dit doucement Natacha.

– Ma chérie... mon amour! Comment puis-je te laisser partir?

C'était un cri d'infinie détresse mais, avant que Natacha ait pu répondre, un coup fut frappé à la porte de la cabine.

– Le cortège est en vue, M'lord!

Le visage de lord Athelstan et celui de Natacha semblèrent se vider de leur sang.

Ils se regardèrent.

Puis, tête haute, elle ouvrit la porte, le précéda dans le couloir, monta l'escalier des cabines et sortit sur le pont.

Elle savait que les marins grecs la regardaient avec curiosité dans son costume turc, mais elle franchit posément la passerelle et s'avança sur l'herbe rase vers la tente de lord Athelstan.

En levant les yeux, elle aperçut le cortège venant du sérail qui descendait la colline. Elle distingua les gardes qui escortaient l'énorme palanquin rouge et or dans lequel elle devait voyager.

Ils étaient précédés par une clique jouant une musique étrange, discordante, précédant toujours le sultan au cours de ses sorties dans sa capitale.

Il semblait y avoir également de nombreux autres personnages, tous en costume pittoresque, avec des plumes flottant sur leur turban et des visages foncés qui firent penser à Natacha qu'il devait s'agir des eunuques noirs.

Elle entra dans l'ombre de la tente et resta debout sur le tapis persan, cachant son visage avec le voile de mousseline qu'elle attacha au moyen du petit crochet d'or.

Lord Athelstan la rejoignit et elle le vit pour la première fois dans sa tenue de diplomate brodée d'or, ses décorations étincelant sur sa poitrine.

Il était très beau et d'une grande dignité, il formait un contraste total avec le cortège bigarré des Turcs descendant la colline.

Natacha le regarda et ses lèvres remuèrent, mais elle fut incapable de proférer aucun son.

Elle lui disait « adieu » de tout son cœur, de toute son âme, et elle comprit qu'il lui serait facile de mourir. Elle ne pouvait pas vivre sans lui.

Le petit poignard décoré de corail et de turquoises qu'elle avait acheté à Tiflis heurtait sa poitrine.

« Je me tuerai ce soir, pensa-t-elle. Il n'y a pas de raison d'attendre. »

Si Dieu était compréhensif, il laisserait errer son esprit quelque part près de lord Athelstan quand le *Victorious* s'avancerait dans la mer de Marmara vers le bleu de la Méditerranée.

La pâleur et le pli des lèvres prouvaient l'intense douleur de lord Athelstan. Natacha n'avait jamais encore vu un homme souffrir de la sorte.

Elle fut tentée de faire un geste vers lui, mais n'osa pas. Tous deux enduraient un véritable supplice et n'avaient aucun moyen de s'y dérober.

Le cortège se rapprochait de plus en plus. Soudain un galop ébranla la terre inculte et desséchée.

Lord Athelstan tourna la tête en direction du bruit, et Hawkins fit de même. Ils virent un homme chevauchant à une allure folle précédant un Cosaque.

Il arrêta son cheval juste devant la tente avec tant de brusquerie que l'animal fléchit sur ses postérieurs, et sauta à bas de la selle.

Il tendit une enveloppe blanche assez froissée à lord Athelstan qui la prit machinalement car il connaissait son contenu, ayant déjà appris l'échange des otages.

Hawkins rétribua le Cosaque et celui-ci sourit découvrant ses brillantes dents blanches puis se remit d'un bond en selle.

Il salua et s'éloigna, tandis que lord Athelstan ouvrait l'enveloppe pour en tirer une feuille de papier :

Le jeudi 11 mars 1855, Djemmal Eddin, fils de Shamyl l'Avar, iman du Daghestan, et la somme de quarante mille roubles ont été échangés contre les otages qui étaient retenus en captivité depuis huit mois.

Voici la liste des membres de la maison du colonel prince David Tchavtchavadze qui ont été rendus :

Lord Athelstan continua à lire.

Soudain il poussa un cri, un son où se mêlaient le triomphe et l'horreur.

Il fourra le papier entre les mains de Natacha et la souleva dans ses bras.

Le cortège était à quelques mètres de la tente quand lord Athelstan s'élança dans l'autre direction.

Il porta Natacha de la tente au canot qui l'attendait à quai avec son équipage britannique.

Après un coup d'œil surpris, Hawkins les suivit.

Lord Athelstan déposa Natacha dans le canot,

embarqua d'un bond et les marins larguèrent les amarres.

– Que... que se passe-t-il? Qu'est-ce que tu fais? demanda-t-elle d'une voix réduite par l'angoisse à un chuchotement. Tu ne peux pas... faire cela! Je... je dois aller... avec eux.

– Regarde la liste! Regarde-la! cria lord Athelstan d'une voix étrange au point d'être méconnaissable. Je l'ai entendu le dire et pourtant cela n'a pas pénétré mon esprit. Mon Dieu! Comment ai-je pu être aussi stupide!

– De quoi parles-tu? Qu'est-ce qui... est arrivé?

Parce qu'il semblait l'attendre d'elle, elle déplia de ses doigts tremblants le papier chiffonné qu'il lui avait mis entre les mains et regarda la liste des noms qui y était inscrite :

Son Altesse Sérénissime la princesse Anna Tchavtchavada et ses enfants le prince Tamara, le prince Alexandre, la princesse Salomé et la princesse Marie

Son Altesse Sérénissime la princesse Varvara Orbeliani et son fils le prince Georges

Son Altesse Sérénissime la princesse Nina Baratoff

Madame Drancy

Le comte Dimitri Mélikov

Les domestiques et leurs enfants sont les suivants :

Natacha poussa un petit cri et lord Athelstan dit, toujours du même ton étrange :

– Le prince avait bien déclaré en ma présence qu'il ne permettrait pas que même les plus jeunes enfants de ses domestiques soient retenus comme otages, mais je n'avais pas compris.

Sa voix exprimait une telle condamnation de lui-même que Natacha voulut le réconforter, mais ils étaient arrivés au bateau.

Les marins attendaient pour les aider à monter sur le pont par l'échelle de corde. C'est seulement quand elle fut hissée à bord par un homme portant l'uniforme de capitaine anglais qu'elle regarda en arrière et vit le cortège du sérail qui les regardait avec stupéfaction.

La clique avait cessé de jouer et tous paraissaient confondus de ce qui s'était produit.

Lord Athelstan était monté derrière Natacha.

– Bienvenue à bord, M'lord, dit le capitaine.

Lord Athelstan lui tendit la main.

– Merci, capitaine Brownlow. Je vous serais très reconnaissant si nous pouvions prendre la mer tout de suite.

– C'est exactement ce que j'ai l'intention de faire, M'lord.

– Je vous serais également obligé si vous pouviez user de vos prérogatives de capitaine pour me marier aussitôt que possible à la comtesse Natacha Mélikov que j'ai amenée avec moi.

L'expression du capitaine ne changea pas.

Il ne manifesta aucun étonnement, comme s'il voyait tous les jours une dame monter à bord vêtue d'un costume oriental et qu'on lui demande de la marier avec un représentant de la noblesse britannique.

– Ce sera un plaisir, M'lord, dit-il. La cabine de l'amiral est prête pour Votre Seigneurie.

– Merci, répondit lord Athelstan.

Il passa son bras autour de Natacha pour l'aider à descendre l'escalier raide des cabines et un officier les conduisit à celle de l'amiral.

Elle était vaste, aérée et bien meublée mais, si elle était austère après le luxe du *Corinthe,* ils ne le remarquèrent pas.

Ils continuèrent à se regarder quand la porte

se referma derrière l'officier et qu'ils furent seuls.

Brusquement, comme lord Athelstan la prenait dans ses bras, Natacha éclata en sanglots.

– Ma chérie! Mon trésor! Tout va bien! C'est fini, dit-il. Mais je ne me pardonnerai jamais de n'avoir pas cru que le prince David imposerait sa volonté! (Il resserra son étreinte.) J'aurais dû savoir, reprit-il, comme s'il se parlait à lui-même, que Shamyl parviendrait d'une manière ou d'une autre à convaincre ses Mourids que l'argent n'a pas d'importance et qu'en renonçant à une rançon plus forte ils sauvaient leur âme!

Natacha pleurait contre son épaule. Il leva la main pour retirer de ses cheveux la broche ornée de pierreries et en même temps le voile de mousseline. Il les jeta par terre.

– Ne pleure pas, supplia-t-il. Je ne t'ai jamais vue pleurer. Tu as été si courageuse, ma bien-aimée – si merveilleusement, si incroyablement courageuse, et maintenant je te ferai oublier ce que tu as souffert.

– Je... je pleure parce que... je suis... si heureuse! dit Natacha en sanglotant. Je croyais que je te perdais... maintenant nous pouvons être ensemble!

Lord Athelstan poussa un profond soupir; puis, d'un geste très doux, il mit ses doigts sous le menton de Natacha et lui releva la tête.

Ses joues étaient humides de larmes et ses yeux en étaient pleins, mais elle souriait et il pensa qu'il ne l'avait jamais vue si belle.

– L'avenir est à nous, mon trésor!

– Nous pouvons... voler comme des... aigles! répondit-elle, mais sa voix se brisa sur ces mots.

Puis les lèvres de lord Athelstan se posèrent sur les siennes et il l'embrassa éperdument, follement, comme un homme qui vient d'échapper à la mort.

Il la serra contre lui, l'étreignit de plus en plus fort.

Ils planaient dans un autre monde, tout à leur bonheur, éperdus d'être réunis.

Ni l'un ni l'autre n'entendirent le capitaine entrer dans la cabine, un livre de prières à la main.

Littérature

extrait du catalogue

Cette collection est d'abord marquée par sa diversité : classiques, grands romans contemporains ou même des livres d'auteurs réputés plus difficiles, comme Borges, Soupault, Goes. En fait, c'est tout le <u>roman</u> qui est proposé ici, Henri Troyat, Bernard Clavel, Guy des Cars, Alain Robbe-Grillet, mais aussi des écrivains étrangers tels que Moravia, Colleen McCullough ou Konsalik.

Les classiques tels que Stendhal, Maupassant, Flaubert, Zola, Balzac, etc. sont publiés en texte intégral au prix le plus bas de toute l'édition. Chaque volume est complété par un cahier photos illustrant la biographie de l'auteur.

ADLER Philippe	*Bonjour la galère !* 1868★★
AKÉ LOBA	*Kocoumbo, l'étudiant noir* 1511★★★
ALLEY Robert	*La mort aux enchères* 1461★★
AMADOU Jean	*Les yeux au fond de la France* 1815★★★
ANDREWS Virginia C.	*Fleurs captives :*
	- Fleurs captives 1165★★★★
	- Pétales au vent 1237★★★★
	- Bouquet d'épines 1350★★★★
	- Les racines du passé 1818★★★★
	Ma douce Audrina 1578★★★★
APOLLINAIRE Guillaume	*Les onze mille verges* 704★
	Les exploits d'un jeune don Juan 875★
AUEL Jean M.	*Ayla, l'enfant de la terre* 1383★★★★
AVALLONE Michaël	*Une femme nommée Golda* 1853★★★
AVRIL Nicole	*Monsieur de Lyon* 1049★★★
	La disgrâce 1344★★★
	Jeanne 1879★★★
BACH Richard	*Jonathan Livingston le goéland* 1562★ illustré
BALZAC Honoré de	*Le père Goriot* 1988★★ (mai 86)
BARBER Noël	*Tanamera* 1804★★★★ & 1805★★★★
BAUDELAIRE Charles	*Les fleurs du mal* 1939★★ (fév. 86)
BAUM Frank L.	*Le magicien d'Oz* 1652★★
BINCHY Maeve	*C'était pourtant l'été* 1727★★★★★
BLIER Bertrand	*Beau père* 1333★★
BONTE Pierre	*Histoires de mon village* 1774★★

	Le mage et le pendule 990★
	L'envoûteuse 1039★★★ & 1040★★★
	Le mage et les lignes de la main... et la bonne aventure... et la graphologie 1094★★★★
	La justicière 1163★★
	La vie secrète de Dorothée Gindt 1236★★
	La femme qui en savait trop 1293★★
	Le château du clown 1357★★★★
	La femme sans frontières 1518★★★
	Le boulevard des illusions 1710★★★
	Les reines de cœur 1783★★★
	La coupable 1880★★★
CARS Jean des	Sleeping Story 832★★★★
	Haussmann, la gloire du 2nd Empire 1055★★★★
	Louis II de Bavière 1633★★★
	Elisabeth d'Autriche (Sissi) 1692★★★★
CATO Nancy	L'Australienne 1969★★★★ & 1970★★★★ (avril 86)
CESBRON Gilbert	Chiens perdus sans collier 6★★
	C'est Mozart qu'on assassine 379★★★
	La ville couronnée d'épines 979★★
	Huit paroles pour l'éternité 1377★★★★
CHAVELET Élisabeth & DANNE Jacques de	Avenue Foch 1949★★★ (mars 86)
CHOUCHON Lionel	Le papanoïaque 1540★★
CHOW CHING LIE	Le palanquin des larmes 859★★★
	Concerto du fleuve Jaune 1202★★★
CLANCIER Georges-Emmanuel	Le pain noir 651★★★
CLAVEL Bernard	Le tonnerre de Dieu 290★
	Le voyage du père 300★
	L'Espagnol 309★★★★
	Malataverne 324★
	L'hercule sur la place 333★★★
	Le tambour du bief 457★★
	Le massacre des innocents 474★
	L'espion aux yeux verts 499★★★
	La grande patience :
	1 - La maison des autres 522★★★★
	2 - Celui qui voulait voir la mer 523★★★★
	3 - Le cœur des vivants 524★★★★
	4 - Les fruits de l'hiver 525★★★★

CLAVEL Bernard (suite)	Le Seigneur du Fleuve 590***
	Victoire au Mans 611**
	Pirates du Rhône 658**
	Le silence des armes 742***
	Écrit sur la neige 916***
	Tiennot 1099**
	La bourrelle - L'Iroquoise 1164**
	Les colonnes du ciel :
	1 - La saison des loups 1235***
	2 - La lumière du lac 1306****
	3 - La femme de guerre 1356***
	4 - Marie Bon Pain 1422***
	5 - Compagnons du Nouveau Monde 1503***
	L'homme du Labrador 1566**
	Terres de mémoire 1729**
	Bernard Clavel, qui êtes-vous ? 1895**
COLETTE	Le blé en herbe 2*
CORMAN Avery	Kramer contre Kramer 1044***
COUSSE Raymond	Stratégie pour deux jambons 1840**
CURTIS Jean-Louis	L'horizon dérobé :
	1 - L'horizon dérobé 1217****
	2 - La moitié du chemin 1253****
	3 - Le battement de mon cœur 1299***
DAUDET Alphonse	Tartarin de Tarascon 34*
	Lettres de mon moulin 844*
DÉCURÉ Danielle	Vous avez vu le pilote ? c'est une femme ! 1466*** illustré
DELAY Claude	Chanel solitaire 1342**** illustré
DHÔTEL André	Le pays où l'on n'arrive jamais 61**
DOCTOROW E.L.	Ragtime 825***
DORIN Françoise	Les lits à une place 1369****
	Les miroirs truqués 1519****
	Les jupes-culottes 1893****
DOS PASSOS John	Les trois femmes de Jed Morris 1867****
DUMAS Alexandre	La dame de Monsoreau 1841*****
DUTOURD Jean	Henri ou l'éducation nationale 1679***
DZAGOYAN René	Le système Aristote 1817****
ESCARPIT Robert	Les voyages d'Hazembat 1881****
FERRIÈRE Jean-Pierre	Jamais plus comme avant 1241***

	Le diable ne fait pas crédit 1339**
FEUILLÈRE Edwige	*Moi, la Clairon* 1802**
FIELDING Joy	*La femme piégée* 1750***
FLAUBERT Gustave	*Madame Bovary* 103*** (fév. 86)
FLEISCHER Leonore	*Annie* 1397***
	A bout de souffle/made in USA 1478**
	Staying Alive 1494***
FRANCIS Richard	*Révolution* 1947*** (fév. 86)
FRANCOS Ania	*Sauve-toi, Lola !* 1678****
	Il était des femmes dans la Résistance... 1836****
FRISON-ROCHE	*La peau de bison* 715**
	La vallée sans hommes 775***
	Carnets sahariens 866***
	Premier de cordée 936***
	La grande crevasse 951***
	Retour à la montagne 960***
	La piste oubliée 1054***
	La Montagne aux Écritures 1064***
	Le rendez-vous d'Essendilène 1078***
	Le rapt 1181****
	Djebel Amour 1225****
	La dernière migration 1243****
	Peuples chasseurs de l'Arctique 1327****
	Les montagnards de la nuit 1442****
	Le versant du soleil 1451**** & 1452****
	Nahanni 1579***
GALLO Max	*La baie des Anges :*
	1 - La baie des Anges 860****
	2 - Le palais des Fêtes 861****
	3 - La promenade des Anglais 862****
GANN Ernest K.	*Massada* 1303****
GEDGE Pauline	*La dame du Nil* 1223*** & 1224***
	Les seigneurs de la lande 1345**** & 1346****
GERBER Alain	*Une rumeur d'éléphant* 1948***** (mars 86)
GOES Albrecht	*Jusqu'à l'aube* 1940***
GRAY Martin	*Le livre de la vie* 839**
	Les forces de la vie 840**
	Le nouveau livre 1295***

GRÉGOIRE Menie	Tournelune 1654***
GROSSBACH Robert	Georgia 1395***
GROULT Flora	Maxime ou la déchirure 518**
	Un seul ennui, les jours raccourcissent 897**
	Ni tout à fait la même, ni tout à fait une autre 1174***
	Une vie n'est pas assez 1450***
	Mémoires de moi 1567**
	Le passé infini 1801**
GUEST Judith	Des gens comme les autres 909***
GURGAND Marguerite	Les demoiselles de Beaumoreau 1282***
GUTCHEON Beth	Une si longue attente 1670****
HALÉVY Ludovic	L'abbé Constantin 1928**
HALEY Alex	Racines 968**** & 969****
HAYDEN Torey L.	L'enfant qui ne pleurait pas 1606***
	Kevin le révolté 1711****
HAYS Lee	Il était une fois en Amérique 1698***
HÉBRARD Frédérique	Un mari, c'est un mari 823**
	La vie reprendra au printemps 1131**
	La chambre de Goethe 1398***
	Un visage 1505**
	La Citoyenne 2003*** (juin 86)
HIRSCHFELD	Voir RAINTREE
HOWELL M. & FORD P.	Elephant man 1406***
ISHERWOOD Christopher	Adieu à Berlin (Cabaret) 1213***
IVOI Paul d'	La Diane de l'archipel 1404****
	La capitaine Nilia 1405****
	Les semeurs de glace 1418****
	Corsaire Triplex 1444****
	Docteur Mystère 1458****
	Cigale en Chine 1471****
	Les cinq sous de Lavarède 1512****
	L'aéroplane fantôme 1527****
	La course au radium 1544****
	Les dompteurs de l'or 1596****
JAGGER Brenda	Les chemins de Maison Haute 1436**** & 1437****
	Le silex et la rose 1604**** & 1605****
JEAN-CHARLES	La foire aux cancres 1669**

	Le rire en herbe 1730**
	La foire aux cancres continue 1773**
	Tous des cancres 1909** (mai 86)
JONG Erica	Le complexe d'Icare 816****
	Fanny Troussecottes 1358**** & 1359****
JYL Laurence	Coup de cœur 1524**
KAYE M.M.	Pavillons lointains 1307**** & 1308****
	Zanzibar 1551*** & 1552***
KEUN Irmgard	Gilgi, jeune fille des années 30 1403**
	La jeune fille en soie artificielle 1607***
KOESTLER Arthur	Spartacus 1744****
KONSALIK Heinz G.	Amours sur le Don 497****
	Brûlant comme le vent des steppes 549****
	La passion du Dr Bergh 578***
	Docteur Erika Werner 610***
	Mourir sous les palmes 655***
	Aimer sous les palmes 686**
	Deux heures pour s'aimer 755**
	L'or du Zephyrus 817**
	Les damnés de la taïga 939****
	L'homme qui oublia son passé 978**
	L'amour est le plus fort 1030***
	La caravane des sables 1084***
	Une nuit de magie noire 1130**
	Le médecin de la tsarine 1185**
	Amour cosaque 1294***
	Natalia 1382***
	Double jeu 1388****
	Le mystère des Sept Palmiers 1464***
	La malédiction des émeraudes 1565***
	L'héritière 1653**
	Amour en Camargue 1709***
	Il ne resta qu'une voile rouge 1758****
	Bataillons de femmes 1907*****
KRANTZ Judith	Princesse Daisy 1211**** & 1212****
LAFFONT Patrice	Les visiteurs de l'été 1728***
LAFFOREST Roger de	Ces maisons qui tuent 1961*** (mars 86)
LAKER Rosalind	Mademoiselle Louise 1591*** & 1592***
LEEKLEY John	Les Bleus et les Gris 1742***

LELOUCH Claude	*Edith et Marcel* 1568***
LEMELIN Roger	*Les Plouffe* 1740****
L'HOTE Jean	*Confessions d'un enfant de chœur* 260**
LIPMANN Eric	*Paderewski, l'idole des années folles* 1897****
LOTTMAN Eileen	*Riches et célèbres* 1330***
	Dynasty 1697**
	Dynasty (Le retour d'Alexis) 1894***
LOWERY Bruce	*La cicatrice* 165*
LUND Doris	*Eric (Printemps perdu)* 759***
McCULLOUGH Colleen	*Les oiseaux se cachent pour mourir* 1021**** & 1022****
	Tim 1141***
	Un autre nom pour l'amour 1534****
McNAB Tom	*La grande course de Flanagan* 1637**** & 1638****
MALPASS Eric	*Mon ami Gaylord* 380***
MARCO POLO	*Véridiques Mémoires* 1547***
MARKANDAYA Kamala	*Le riz et la mousson* 117**
MARSHALL G. William	*La sixième saison* 1910****
MAUPASSANT Guy de	*Une vie* 1952** (mars 86)
MAURE Huguette	*L'aventure au masculin* 600***
	La cinquantaine au masculin 1745***
MESSNER Reinhold	*Défi (Deux hommes, un 8000)* 1839**** illustré
MILLER Henry	*Sexus* 1283**** & 1284****
MODIANO Patrick & LE-TAN Pierre	*Poupée blonde* 1788*** illustré
MONETTE Paul	*Scarface* 1615***
MONTLAUR Pierre	*Imhotep* 1986**** (mai 86)
MORAVIA Alberto	*1934* 1625****
	La Ciociara 1656****
	La belle Romaine 1712****
MORRIS Edita	*Les fleurs d'Hiroshima* 141*
MYRER Anton	*On ne peut vivre sans aimer* 1583**** & 1584****
NATHAN Robert	*Le portrait de Jennie* 1640**
ORIOL Laurence	*Thérèse Humbert* 1838**
PALAISEUL Jean	*Tous les espoirs de guérir* 912****, 913**** & 914****
PARTURIER Françoise	*Calamité, mon amour* 1012****
	Les Hauts de Ramatuelle 1706***

Achevé d'imprimer sur les presses de l'imprimerie Brodard et Taupin
58, rue Jean Bleuzen, Vanves. Usine de La Flèche,
le 13 janvier 1986
1477-5 Dépôt légal janvier 1986. ISBN : 2 - 277 - 21145 - 1
1er dépôt légal dans la collection : janvier 1981
Imprimé en France

J'AI LU
1145
★★

Editions J'ai Lu
27, rue Cassette, 75006 Paris
diffusion France et étranger : Flammarion